KB122085

겨우살이 살인사건

겨우살이 살인사건

The Mistletoe Murder
and Other Stories

P. D. 제임스 지음 이주혜 옮김

아작

일러두기

모든 주석은 옮긴이의 것입니다.

서문

    수많은 범죄소설가와 마찬가지로 P. D. 제임스를 천직으로 이끈 것은 사랑이었다. 그는 펜을 들기 전에 이미 탐정소설의 열혈 독자였고 기나긴 경력을 거치는 동안 제1차 세계대전의 종식과 함께 찾아온 이른바 추리소설 황금기에 매혹당한 상태였다. 그러나 그는 한 사람의 팬에 그치지 않고 자신이 읽은 것들에 날카로운 지성을 적용해 그 분야의 진정한 전문지식을 개발했다. 나 역시 언젠가 범죄소설의 4대 여왕(도로시 L. 세이어즈, 애거서 크리스티, 마저리 앨링엄, 나이오 마시)에 관한 제임스의 강연을 들은 적이 있고, P. D. 제임스는 이 분야에 관한 매력적인 독백《탐정소설을 말하다》를 쓰기도 했다. 선배들의 작품을 향한 이러한 애정은 이 단편집에도 분명하게 드러난다. 그는 추리소설 황금기의 구성 방식을 가져와 쓰기도 하고, 애거서 크리스티를 몇 차례 언급하기도 하며, 전통적인 '코지' 미스터리의 관습을 향해 인정의 인사를 건네기도 한다.

이러한 과거 관습의 차용 때문에 P. D. 제임스를 코지 미스터리 작가로 오해하는 독자들도 있지만, 그는 사실 전혀 '코지'하지 않으며 그 관습을 빌려올 때도 재치 있게 관습을 전복하기 위해서일 뿐이다. 그러나 P. D. 제임스가 영국 추리소설 황금기의 주류 전통과 다른 특별한 점 한 가지는 현실 따위가 무례하게 고개를 쳐들 일 없는 위엄 있는 가문과 부르주아 마을이 등장한다는 점이다. 그는 살인이 비열하고 야만적이며, 가장 악의적인 동기로 촉진된다는 사실을 이해하고 있으며 어둠을 정면으로 마주하는 일을 두려워하지 않는다. 그가 종종 '사악함'이라고 부르는 것에 대한 이해는 소름 끼칠 만큼 정확하다. 설정이 아무리 선구자들을 모방하더라도 이 이야기들 속 살인사건에는 '코지'한 면이 전혀 없다.

게다가 이러한 설정은 P. D. 제임스 작품의 또 다른 특징이다. 그의 이야기들은 언제나 시간과 장소 모두 매우 구체적으로 설정된다. 사건이 전개되는 동안 우리가 순조롭게 장면을 떠올릴 수 있도록 배경을 설정하고 꼼꼼하게 묘사한다. 이렇듯 생생한 설정 작업을 통해 분위기를 자아내고 앞으로 일어날 사건의 전조를 드리운다. 다음은 우리가 스터틀리 영주 저택을 처음 만날 때의 문장이다.

저택은 별 몇 개가 높이 떠 있는 잿빛 하늘을 배경으로 삭막한 형체를 띠고 어둠 속에 웅크리고 있었다. 이윽고 구름 뒤에 숨었던 달이 나타나자 집의 모습이 드러났다. 아름답고 대칭적이며 신비로운 집이 하얀빛에 잠겨 있었다.

우리는 곧바로 뭔가 불길하고 신비로운 게 기다리고 있음을 알게 된다.

P. D. 제임스는 사악함뿐만 아니라 존경할 만한 태도의 중요성 역시 알았다. 그는 명성과 지위를 지키고자 살인을 할 수도 있지만, 저속한 방식으로는 하지 않을 사람들에 관해서도 썼다. 우아한 산문은 언제나 독자들과 정직한 대결을 벌이고, 그가 만들어낸 살인자들처럼 우리 독자들에게 거짓 안정감을 안겨준다. 살인자의 흐트러지지 않은 얼굴 뒤에 악의와 긴장감이 쌓여 우리를 어둡고 잔혹하며 충격

적인 곳으로 데려간다. 그러나 그의 글은 언제나 아름답다. 여기 실린 단편들은 더는 P. D. 제임스의 작품을 읽지 못하리라 생각했던 우리에게 아주 기분 좋은 선물이다.

— 밸 맥더미드

저자 서문

도로시 L. 세이어즈는 1934년에 출판된 어느 범죄소설 단편 선집의 서문에 이렇게 썼다.

죽음은 다른 어떤 단일 주제보다 앵글로색슨족의 마음에 훨씬 더 많은 순수한 즐거움을 안겨주는 것 같다.

물론 세이어즈의 말은 끔찍하고 지저분하며 때로는 애처로운 현실의 살인이 아니라 범죄소설 작가들이 신비로우면서도 우아하게 만들어낸 인기 있는 제조물을 가리킨다. 어쩌면 즐거움이라는 단어보다는 '오락, 기분 전환, 흥미'가

더 적절한 표현일지도 모르겠다. 또 범죄소설 쓰기가 세계적으로 유행하는 것으로 보아 살인을 향한 열정을 가장 추악하게 드러내는 민족이 앵글로색슨족만은 아니다. 전 세계 수백만 독자가 베이커가 221번지 B호에 위치한 셜록 홈즈의 밀실 공포증 성지와 세인트 메리 미드 마을에 있는 미스 마플의 매력적인 오두막, 피터 윔지 경의 우아한 피카딜리 아파트를 아주 잘 안다.

제2차 세계대전 전까지는 상당수 범죄소설의 형태가 단편이었다. 탐정소설의 창시자라고도 볼 수 있는 에드거 앨런 포와 아서 코난 도일 경 모두 단편의 대가였고, 특히 전자는 단편소설뿐만 아니라 범죄소설의 특징적 요소 대다수라고 할 만한 '가장 가능성이 낮은 용의자가 살인자로 드러나기, 밀실 미스터리, 안락의자에 앉은 탐정이 사건 해결하기, 서간체 진술' 등의 윤곽을 잡았다. 에릭 앰블러는 이렇게 쓰기도 했다.

탐정소설은 에드거 앨런 포의 마음에서 탄생했을지 몰라도 그것을 먹이고 입히고 성숙하게 키운 것은 바로 런던이었다.

물론 문학사에서 가장 유명한 탐정을 창조해낸 코난 도

일의 천재성을 염두에 둔 말이었다. 코난 도일은 이성을 향한 존중과 비관념적 지성주의, 물리력보다 추론에 의존하기, 감상주의에 대한 혐오, 그리고 물리적인 현실에 단단히 뿌리를 내린 미스터리와 고딕풍의 공포 분위기를 빚어내는 힘을 이 장르의 유산으로 남겼다. 무엇보다 다른 작가들보다 개인적이고 때로는 괴짜 같은 기이함이 합리적 방법론과 대조를 이루고, 명백한 무력감을 이겨내고 우리 독자들이 여전히 이해할 수 있는 세계에 살고 있다는 위안과 확신을 심어주는 전지적 아마추어라는 위대한 탐정의 전통을 세웠다.

셜록 홈즈는 이 시대에 가장 유명한 이야기지만 다시 읽어볼 만한 가치가 있는 유일한 이야기는 아니다. 존경받는 범죄소설 비평가 줄리언 시몬스는 단편소설 분야에서 주목할 만한 현역 작가 대부분이 다른 작품과 대조되는 탁월한 결과물로서 탐정소설에 눈을 돌렸고, 아직 유아기에 머물러 있지만, 독창성과 변형의 무한한 기회를 제공했던 이 형식을 즐겨 사용했다고 말하기도 했다. G. K. 체스터튼은 주된 관심은 다른 곳에 두지만, 그가 창조한 브라운 신부 시리즈가 여전히 즐겁게 읽히는 작가의 한 예이다. 또 얼마나 많은 저명한 작가들이 단편 범죄소설을 시도했는지 생각해

보면 놀라울 정도다. 1931년 출간된 《위대한 탐정, 미스터리, 공포 소설》 두 번째 시리즈에는 우리가 예상했던 이름들 외에도 H. G. 웰스, 윌키 콜린스, 월터 드 라 마레, 찰스 디킨스, 아서 퀼러 코치 등이 저자 명단에 포함되어 있다.

오늘날 탐정소설 작가들 가운데 창시자들의 영향을 받지 않은 사람은 거의 없지만 범죄소설 작가 대부분이 단편보다는 장편을 쓴다. 대체로 단편소설 시장이 많이 축소된 탓도 있지만 아마도 주된 이유는 탐정소설이 주류소설에 가까워지면서 작가가 인물의 미묘한 심리와 관계의 복잡성, 그리고 인물들의 삶에 미친 살인과 경찰 수사의 영향을 충분히 탐구하려면 공간이 필요하기 때문일 것이다.

단편소설의 범위는 제한될 수밖에 없고 이는 단일 사건이나 하나의 지배적인 생각을 다룰 때 가장 효과적이라는 뜻이다. 대체로 이야기의 성공을 좌우하는 것은 이러한 생각의 독창성과 힘이다. 단편은 장편보다 구조가 훨씬 덜 복잡하고 개념도 더 직선적이며 외곬으로 대단원을 향해 달려가지만, 좁은 반경 안에서나마 여전히 우리 독자들이 좋은 범죄소설에 기대하는 것, 즉 믿을 만한 미스터리, 긴장감, 흥분, 언제나 공감할 수는 없어도 정체를 알 수 있는 인물들, 그리고 실망스럽지 않은 결말 등 만족스러운 지점

들을 찾아 기꺼이 들어설 수 있는 신뢰 가능한 세계를 제공한다. 단 몇천 단어 안에 좋은 범죄소설이 안겨주는 모든 요소, 즉 구성과 배경설정, 인물, 그리고 놀라움을 포함하는 만족스러운 예술작품이 존재한다.

내 작품 대다수는 장편이었지만 나 역시 단편으로의 도전을 몹시 즐겼다. 단편은 제한된 수단으로 많은 것을 성취해야 한다. 장소를 길고 자세히 묘사할 여유는 없지만, 독자를 위해 설정은 반드시 생생해야 한다. 단편의 인물 만들기도 장편만큼 중요하지만, 성격의 본질적 요소는 경제적인 단어로 만들어내야 한다. 구성은 강력하되 너무 복잡해서는 안 되고 서사를 이루는 모든 문장이 목표로 삼고 달려가야 할 결말은 독자를 놀라게 하되 속았다고 느끼게 해서는 안 된다. 모든 요소가 단편만의 기발한 점이라고 할 놀라움의 충격을 향해 가야 한다. 그러므로 좋은 단편은 쓰기는 어렵지만, 분주한 이 시대에 가장 만족스러운 독서 경험을 안겨줄 수 있다.

— P. D. 제임스

차례

겨우살이 살인사건

THE MISTLETOE MURDER

베스트셀러 범죄소설가가 되었을 때 소소한 위험 요소가 있다면 어딜 가나 이런 질문을 받는다는 점이다. "개인적으로 실제 살인사건 수사에 연루된 적이 있습니까?" 이런 질문은 때로 런던경시청 살인사건 수사대가 기세 좋게 내 집 뒷마당을 파헤칠 수도 있다는 뜻의 표정과 말투를 동반한다.

나는 한결같이 아니라고 대답하는데, 일부는 내키지 않아서고, 또 일부는 진실을 말하기까지 시간이 너무 오래 걸리는 데다가 아무리 52년이나 지났어도 당시 내가 맡은 역할을 정당화하기 어렵기 때문이다. 하지만 이제 일흔 살이 되었으니 1940년 그 특별한 크리스마스의 마지막 생존자로서 순전히 내 만족감을 위해서라도 이야기를 안전하게 전달할 수 있을 것이다. 나는 그 일을 '겨우살이 살인사건'이라고 부르겠다. 이 미스터리에서 겨우살이는 아주 사소한 역할을 맡았지만 나는 소설 제목을 붙일 때 언제나 글자수를 맞추는 쪽을 좋아한다. 인물의 이름은 바꾸었다. 지금까지 살아서 감정이나 명예를 다칠 만한 사람은 아무도 없지만 나는 죽은 자라도 비슷한 욕구를 부정당하면 안 된다고 생각하는 쪽이다.

사건 당시 나는 열여덟 살 젊은 나이에 전쟁으로 남편을 잃은 상태였다. 남편은 결혼 2주 후에 죽었는데, 일대일 전투에서 격추당한 최초의 영국공군 비행사 중 한 명이었다. 나는 공군 여성지원부대에 입대했는데 남편이 기뻐할 거라는 확신 때문이기도 했지만, 그보다는 새로운 삶과 새로운 책임으로 슬픔을 억누르고 싶은 마음이 컸다.

효과는 없었다. 사별은 심각한 질병과도 같다. 한 사람이 죽고 한 사람이 살아남으면 그 치료약은 환경의 변화가 아니라 그저 시간이다. 끝까지 포기하지 않겠다는 단호한 결심으로 예비 훈련을 받는 중이었지만, 크리스마스 6주 전에야 비로소 할머니의 초대를 받았을 때는 왠지 안도감을 느끼며 제안을 승낙했다. 할머니의 초대가 내 문제 한 가지를 해결해주었다. 나는 외동이었고 의사인 아버지는 영국육군 의무부대 중년 대원 모집에 자원했으며 어머니는 미국으로 떠나버린 상황이었다. 학교 친구 여럿과 군대 친구 몇 명이 크리스마스 초대장을 보냈지만, 전시의 가라앉은 축제 분위기를 마주할 자신이 없었고 괜히 남의 가족 모임에 해골처럼 앉아 있게 될 거라는 두려움도 컸다.

게다가 어머니의 어린 시절 집을 보고 싶은 호기심도 일었다. 어머니는 당신 어머니와 사이가 좋지 않았고 결혼 후에는 완전히 갈라섰다. 나는 할머니를 어렸을 때 딱 한 번 보았는데, 위협적이고 독설을 일삼으며 어린아이에게도 딱히 동정적이지 않은 사람으로 기억했다. 하지만 나는 나이가 들어 더는 어린아이가 아니었고, 할머니가 편지에서 은근히 암시한 수많은 장작 난로, 집에서 만든 음식, 질 좋은 포도주, 평화와 고요 등은 바로 내가 그리워하던 것들이었다.

다른 손님은 없지만 내 사촌 폴이 크리스마스 휴가를 나오기로 했다. 나는 사촌을 만나보고 싶은 호기심도 일었다. 사촌 중 유일하게 살아 있던 폴은 내 어머니 오빠의 둘째 아들이었고 나보다 여섯 살 정도 많았다. 우린 한 번도 만난 적이 없었는데, 가족의 불화 때문이기도 했고 폴의 어머니가 프랑스인이라 어린 시절 상당 시간을 그 나라에서 보냈기 때문이기도 했다. 폴의 형 찰스는 내가 학교에 다닐 무렵 죽었다. 찰스의 죽음에 은근한 속닥거림만 들릴 뿐 제대로 설명된 적은 없는 뭔가 불명예스러운 비밀이 있었다고 어린 시절 기억이 희미하게 남아 있다.

할머니는 편지에 우리 세 사람 외에 집사로 일하는 세든 씨와 그의 부인이 있을 예정이라고 알려주었다. 또 굳이 수고롭게 크리스마스이브 오후 5시에 빅토리아역을 출발해 가장 가까운 타운까지 데려다줄 시외버스 시간을 알아봐주었고, 타운에 도착하면 폴이 마중을 나올 거라고도 했다.

살인의 공포와 깊은 상처로 남은 박싱 데이*에 매시간 집중해야 했던 탓인지 크리스마스이브에 할머니 집으로 가던 길과 도착했을 무렵의 기억은 지워져버렸다. 그날은 거친 흑백영화처럼 아귀가 잘 맞지 않고 약간 초현실적인 이미지의 연속으로만 남았다.

등화관제 상태로 등을 희미하게 켜고 흔들리는 달빛 아래 가로등 하나 없는 시골의 황무지를 천천히 기어가던 버스와, 터미널에서 나를 맞겠다고 어둠 속에서 불쑥 앞으로

* 크리스마스 다음날인 12월 26일

나오던 키 큰 사촌의 모습, 담요를 두른 채 사촌의 스포츠카 조수석에 앉아서 갑자기 몰아친 눈의 소용돌이를 뚫고 어두워진 마을을 달렸던 일 등이 떠오른다. 그러나 단 하나 또렷하고도 마법 같은 이미지가 있는데, 바로 스터틀리 영주 저택을 처음 봤을 때다. 저택은 별 몇 개가 높이 떠 있는 잿빛 하늘을 배경으로 삭막한 형체를 띠고 어둠 속에 웅크리고 있었다. 이윽고 구름 뒤에 숨었던 달이 나타나자 집의 모습이 드러났다. 아름답고 대칭적이며 신비로운 집이 하얀빛에 잠겨 있었다.

5분 후, 폴의 손전등이 드리운 작고 동그란 빛 웅덩이를 따라 지팡이와 가죽 단화, 고무장화, 우산 등 시골생활에 필요한 장비를 둔 현관과 임막 커튼 아래를 지나서 따뜻하고 밝은 사각형 모양의 홀에 들어섰다. 큼지막한 장작이 타오르던 난로와 가족 초상화, 낡은 물건들이 주는 안락한 분위기, 유일한 크리스마스 장식으로 그림들과 문 위에 달아놓은 호랑가시나무와 겨우살이 다발이 기억난다. 할머니가 널찍한 나무 계단을 천천히 내려와 나를 맞았는데, 기억 속 모습보다 더 작고 뼈대가 가냘팠으며 161센티미터인 내 키보다 조금 더 작았다. 하지만 할머니의 악수는 놀라울 정도로 단단했고, 그 날카롭고 영리한 눈빛이나 내 어머니와 아주 비슷한 완고한 입매를 보면 여전히 만만찮은 분임을 알 수 있었다.

여기 와서 기뻤고 또 유일한 사촌을 처음 만나게 되어 반가웠지만, 할머니는 한 가지 사실을 속였다. 나 말고 또 다른 손님이 있었는데, 런던에서 일찍 차를 몰고 출발해 나보다 먼저 도착한 먼 친척이었다.

메인 홀 왼편에 있는 응접실에서 만찬 전 음료를 마시러 모였을 때 나는 롤런드 메이브릭을 처음 만났다. 나는 첫눈에 그가 싫어졌고 할머니가 런던에서부터 롤런드가 운전하는 차를 타고 오라고 제안하지 않은 점이 감사할 따름이었다. 롤런드의 인사말에 담긴 무신경한 둔감함에다 젊은이 특유의 과민함까지 더해지니 내가 어떠한 특정 유형이라고 규정했던 인간상처럼 보이는 첫인상이 더욱 굳어졌다. 롤런드의 첫 인사는 이랬다.

"폴, 이렇게 예쁘장한 젊은 과부를 만나게 될 거라고 왜 미리 말해주지 않았어?"

롤런드는 공군 대위 제복을 입었지만, 계급장에 날개 표시가 없었다. 그런 사람들을 흔히 '날개 없는 천사'라고 불렀다. 롤런드는 어두운 분위기의 미남이었으며 가느다란 콧수염 아래의 입은 말이 많았고, 장난기 어린 눈은 뭔가를 헤아리는 듯했으며 늘 기회를 노리는 남자였다. 이런 유형을 전에도 만난 적이 있었는데 할머니의 영주 저택에서 마주치게 될 줄은 정말 몰랐다.

롤런드는 민간인일 때는 골동품 거래상으로 일한다고 했다. 내가 유일한 손님이 아니라는 실망감을 감지했는지 폴이 가문의 귀중한 동전을 팔 일이 있다고 설명했다. 동전 전문가인 롤런드가 구매자를 찾기 위해 미리 동전을 분류하고 가격을 매기기로 했다. 하지만 롤런드는 단지 동전에만 관심이 있는 게 아니었다. 롤런드의 시선은 가구와 그림, 도자기, 청동상 위를 오갔고 마치 머릿속으로 가격을 매기는 것처럼 길쭉한 손가락으로 그것들을 쓰다듬고 어루만졌다. 아주 작은 틈만 엿보여도 롤런드는 내 몸에 손을 대보고 중고품으로서 내 가치를 감정할 거라는 생각이 들었다.

어느 시골 저택 살인사건에나 작은 배역으로 반드시 등장하는 할머니의 집사와 요리사는 공손하고 유능했지만, 크리스마스 계절에 어울릴 법한 호의는 부족했다. 할머니 기준으로는 아마 그들을 충직하고 헌신적인 관리인이라고 표현할 수 있었겠지만 나는 의문이 들었다. 아직 1940년대였지만 상황이 변하고 있었다. 세든 부인은 과로하면서도 지루해 보였고 이는 퍽 우울한 조합이었다. 부인의 남편은 가장 가까운 공군 기지에서 전쟁 노동자로 일하면 얼마나 더 벌 수 있을지 계산해보는 남자의 침울한 울분을 겨우 억누르고 있었다.

내 방은 마음에 들었다. 빛바랜 커튼이 달린 사주식 침대와 난로 옆의 나지막한 안락의자, 우아한 작은 책상, 복제화와 수채화가 담긴 파리똥 묻은 액자들이 좋았다. 잠자리에 들기 전 침대맡의 전등을 끄고 암막 커튼을 조금 옆으로 젖혔다. 높이 뜬 별과 달빛, 위험으로 찬 하늘이 보였다. 하지만 크리스마스이브였다. 오늘 밤엔 공습이 없을 것이다. 그리고 나는 유럽 전역에서 여자들이 커튼을 옆으로 밀어젖히고 희망과 두려움에 찬 눈으로 위협적인 달을 올려다보는 모습을 상상했다.

다음 날 아침 일찍 깨어나 크리스마스 종소리를 그리워했지만, 1940년에 종이 울렸다면 그건 침략을 예고하는 소리였을 것이다. 그날에도 경찰은 이 크리스마스의 모든 순간을 샅샅이 복기하게 했지만 50년도 더 지난 지금까지도 모든 세세한 일들이 뚜렷하게 기억에 남아 있다. 아침 식사 후 우리는 선물을 주고받았다. 할머니는 에나멜과 금으로 된 멋진 브로치를 내게 선물하려고 당신의 보석함을 급히

턴 기색이 역력했고 폴의 선물인 씨앗 진주로 둘러싼 석류
석 빅토리아 시대 반지 역시 출처가 같지 않을까 싶었다.
나는 선물을 준비해왔다. 가족의 화해를 기념하여 개인적
인 보물 두 가지를 가져왔는데, 폴에게는《슈롭셔의 젊은
이》초판본을, 할머니에겐《어느 무명 인사의 일기》초기
판본을 주었다. 두 사람 모두 기뻐하며 받았다. 롤런드는
크리스마스 식량으로 진 세 병과 차, 커피와 설탕, 그리고
공군 매점에서 빼돌렸을 것 같은 버터 1파운드를 가져왔
다. 정오 직전 사람 수가 줄어든 지역 교회 성가대가 도착
해 당혹스러울 정도로 음정이 맞지 않는 무반주 캐럴을 여
섯 곡 부르더니 세든 부인이 마지못해 내온 멀드 와인*과
민스파이를 받아들고 안도감이 역력한 얼굴로 다시 암막
커튼을 지나 각자 크리스마스 만찬장으로 빠져나갔다.

　오후 1시에 전통적인 식사를 마치고 폴이 산책을 다녀오
자고 청했다. 왜 나와 함께 가고 싶어 하는지 확실히 알 수
는 없었다. 그리고 행군이라도 하듯 황량한 들판의 얼어붙
은 이랑과 새 한 마리 없는 잡목숲을 별 기쁨 없이 끈질기
게 걸어가는 동안 폴은 거의 말이 없었다. 눈은 그쳤지만,

---

*　설탕과 향신료를 넣어 데운 와인

암회색 하늘 아래로 얇은 눈 층이 포슬포슬하고 하얗게 쌓여 있었다. 빛이 희미해질 무렵 집으로 돌아와 흰 눈을 배경으로 잿빛의 L자 모양으로 웅크린 등화관제 상태의 저택 뒷면을 보았다. 갑자기 분위기가 예상치 못한 쪽으로 바뀌더니 폴이 눈을 퍼 올리기 시작했다. 얼굴에 차가운 눈 뭉치 따귀를 맞아본 사람이라면 보복을 참을 수 없다. 우리는 어린 학생들처럼 20여 분을 서로에게 또는 집을 향해 눈을 던지며 깔깔 웃었고, 그사이 잔디밭과 자갈길에 덮인 눈이 마구 짓밟혀 진창이 되어버렸다.

저녁은 응접실에서 깜박 졸다가, 책을 읽다가, 두서없는 대화를 나누며 보냈다. 저녁 식사로는 관례대로 아주 이른 시간에 가벼운 수프와 허브 오믈렛을 먹었다. 묵직한 거위와 크리스마스 푸딩에 비하면 반갑게도 대조적인 메뉴였다. 덕분에 세든 부부는 마을 친구들과 밤을 보내러 나갈 수 있었다. 식사 후 우리는 다시 1층 응접실로 자리를 옮겼다. 롤런드가 축음기를 켜더니 내 손을 불쑥 잡고 말했다.

"우리 춤춥시다."

축음기는 레코드를 자동으로 연속 재생하는 종류였는데 유명 레코드가 차례로 떨어지면서 '지퍼스 크리퍼스'며 '베어 배럴 폴카', '타이거 래그', '딥 퍼플'을 연주하는 동안 우리는 왈츠와 탱고, 폭스트롯, 퀵스텝을 추며 응접실을 돌다 홀까지 나갔다. 롤런드는 대단한 춤꾼이었다.

남편이 죽은 후로 춤을 춘 적이 없었는데 지금은 활기 넘치는 동작과 리듬에 휩싸여 어느새 롤런드를 향한 반감도 잊고 점점 복잡해지는 롤런드의 주도를 따르는 일에 집중했다.

홀을 가로지르며 춤을 추는데 롤런드가 손아귀에 힘을 주면서 말했다.

"우리 젊은 영웅이 약간 울적해 보이네요. 아마도 자원한 직업을 다시 생각 중인 모양입니다."

덕분에 마법의 주문이 깨져버렸다.

"무슨 직업이요?"

"모르겠어요? 프랑스인 어머니에, 소르본 출신에, 원어민처럼 프랑스어를 하고, 그 나라를 잘 알죠. 폴은 적임자예요."

나는 대답하지 않았다. 롤런드가 대체 어떻게 그 사실들을 다 알고 있는지, 알 권리가 있기는 한지 궁금했다. 롤런드가 계속 말했다.

"이 용맹한 친구들도 더는 연극이 아니라는 사실을 깨닫는 때가 오고 말죠. 지금부터 진짜 현실이에요. 바로 아래

땅이 사랑하는 조국 영국이 아니라 적의 영토이고, 진짜 독일인, 진짜 총알, 진짜 고문실, 진짜 고통이라고요."

그리고 진짜 죽음이겠지. 나는 그렇게 생각하며 롤런드의 품에서 빠져나와 다시 응접실로 들어갔다. 등 뒤에서 롤런드의 낮은 웃음소리가 들렸다.

10시 직전 할머니가 자러 올라가기 전에 서재 금고에서 동전을 꺼내놓을 테니 롤런드에게 살펴보라고 말했다. 롤런드는 다음 날 런던으로 돌아갈 예정이었으므로 그날 밤 동전을 살펴보면 도움이 될 것이었다. 롤런드는 곧바로 일어나 할머니와 함께 응접실을 떠났다. 할머니는 마지막으로 폴에게 전했다.

"홈서비스*에서 에드거 월리스 극본 드라마를 들을 거다. 그게 11시에 끝나. 인사를 하려거든 그때 오려무나, 폴. 그보다 늦게는 오지 말고."

두 사람이 떠나자마자 폴이 말했다.

"우리 적의 음악을 듣자."

폴이 댄스음악 레코드를 바그너로 바꿨다. 그러고는 내

---

* 1939년 전쟁 당시 적 항공기의 무선 신호 이용을 막기 위해 한 개의 전국 방송으로 통합한 BBC 홈서비스는 현재의 BBC 라디오4의 전신이다.

가 책을 읽는 동안 작은 책상에서 카드 한 벌을 꺼내오더니 엄청난 집중력으로 카드를 노려보며 솔리테어 게임을 했다. 그사이 요란하게 큰 소리로 틀어놓은 바그너가 내 귀를 때렸다.

음악 소리가 울려 퍼지는 가운데 벽난로 선반에 올려놓은 휴대용 시계가 11시를 알리자 폴이 카드를 모으며 말했다.

"할머니에게 밤 인사를 드릴 시간이군. 뭐, 원하는 거라도 있어?"

"아니."

나는 약간 놀라서 말했다.

"없어."

내가 정말로 원한 것은 음악을 조금 낮추는 것이었기에 폴이 방을 떠나자마자 음량을 줄였다. 폴은 금세 돌아왔다. 다음 날 경찰이 물었을 때 폴은 약 3분 정도 응접실을 떠났다 돌아왔던 것 같다고 대답했다. 확실히 그보다 더 오래 걸리지는 않았다. 폴이 차분하게 말했다.

"할머니가 널 보고 싶으시대."

우리는 함께 응접실을 나서서 홀을 가로질렀다. 그때 초자연적으로 예민한 내 감각이 두 가지 사실을 알아챘다. 하나는 경찰에게도 말했지만 다른 하나는 말하지 않았다. 우선 서재 문 위쪽 문틀에 붙여놓은 겨우살이와 호랑가시나무 다발에서 겨우살이 열매 여섯 알이 떨어져 반질반질한 바닥에 진주알처럼 흩어져 있었다. 또 계단 발치에 작은 물웅덩이가 있었다. 내 시선을 알아챈 폴이 손수건을 꺼내 물웅덩이를 닦았다. 폴이 말했다.

"할머니한테 물을 가져다드릴 때마다 꼭 흘리게 된단 말이야."

할머니는 사주식 침대 차양 아래에 윗몸을 일으킨 채 앉아 있었는데, 그 왜소한 모습이 더는 위협적이지 않고 그저 피곤하고 몹시 늙은 여자처럼 보였다. 할머니가 내가 선물한 책을 읽고 있었던 걸 보고 내 마음이 흡족해졌다. 그 책은 침대 옆 탁자 위에 펼쳐져 있었다. 탁상용 전등과 시곗줄이 없는 우아한 작은 시계, 유리컵으로 맨 위를 덮어놓은 물이 반쯤 찬 작은 유리병, 할머니의 반지를 올려놓는 프릴 소매 달린 도자기 손 모형도 위에 함께 놓인 채였다.

할머니가 내게 손을 내밀었다. 손은 차갑고 힘이 없었으며 손가락은 기운 없이 축 처져 있었고, 손아귀 힘은 처음 나를 맞았을 때 보여준 단단한 악수와 아주 달랐다. 할머니가 말했다.

"그냥 잘 자라고 인사하고 싶어서 불렀다. 와줘서 정말 고맙구나. 전쟁통에는 가족 간의 불화도 더는 부릴 여유가 없는 사치가 아닐까 싶다."

나는 충동적으로 허리를 숙여 할머니 이마에 입을 맞추었다. 입술 아래로 축축함이 느껴졌다. 그 행동은 실수였다. 할머니가 내게 무엇을 원했는지는 몰라도 애정은 아니었다.

우리는 응접실로 돌아왔다. 폴이 위스키를 마시겠느냐고 물었다. 위스키를 싫어한다고 하자 폴은 음료 찬장에서 자기가 마실 위스키 한 병과 보르도산 적포도주 디캔터를 꺼내오더니 다시 카드를 집어 들고 내게 포커 게임을 가르쳐주겠다고 했다. 그렇게 나는 크리스마스 밤의 11시 10분경부터 다음 날 새벽 2시쯤까지 바그너와 베토벤을 들으며, 내가 계속 불을 지폈던 장작 난로가 타오르는 소리가 들려오는 가운데 끊임없이 카드 게임을 하면서, 병이 바닥날 때까지 꾸준히 위스키를 마시는 사촌의 모습을 지켜봤다. 결국 나도 포도주 한 잔을 받아 마셨다. 폴 혼자 술을 마시게 놔두자니 어쩐지 예의가 없고 힐난하는 것처럼 보였기 때문이었다. 휴대용 시계가 1시 45분을 알리자 폴이 정신을 수습하며 말했다.

"미안, 사촌. 내가 좀 취했나 봐. 네 어깨를 좀 빌리면 좋겠네. 침대로, 잠으로, 어쩌면 꿈으로 갈 수 있게."

우리는 천천히 계단을 올라갔다. 내가 폴의 방문을 여는 동안 폴은 벽에 기대어 섰다. 폴의 숨결에서 풍기는 위스키 냄새가 아주 희미했다. 이윽고 폴은 내 도움을 받아가며 비틀비틀 침대로 올라가더니 그대로 고꾸라져 움직이지 않았다.

＊

다음 날 아침 8시에 세든 부인이 아침 차 쟁반을 들고 와 전기난로를 켜더니 무표정하게 말했다.

"좋은 아침입니다, 아가씨."

그리고는 조용히 나갔다.

잠이 덜 깬 상태로 첫 잔을 따르려고 손을 뺄는 순간 서둘러 문을 두드리는 소리가 들리더니 폴이 문을 열고 들어왔다. 폴은 벌써 옷을 갖춰 입었고 놀랍게도 숙취의 흔적이 전혀 없었다. 폴이 말했다.

"오늘 아침 롤런드 못 봤어?"

"난 이제 막 일어났어."

"세든 부인 말이 그 사람 침대에 잠을 잔 흔적이 없대. 나도 방금 확인했어. 집 안 어디에도 그가 보이지 않아. 그리고 서재 문은 잠겼어."

폴의 다급한 말투 자체가 뭔가를 전달했다. 폴이 내민 내 실내 가운을 걸치고 아주 잠깐 생각한 끝에 침실용 슬리퍼가 아닌 실외용 구두에 발을 집어넣었다. 내가 말했다.

"서재 열쇠는 어디 있어?"

"서재 문 안쪽에 꽂혀 있어. 열쇠는 그거 하나야."

폴이 전등 스위치를 켰는데도 홀은 어둑했고 서재 문 위에 달아둔 겨우살이 다발에서 떨어진 열매는 여전히 검은 나무 바닥 위에서 우윳빛으로 반들거렸다. 나는 서재 문을 열어보려고 했다가 몸을 숙이고 열쇠 구멍 안쪽을 들여다보았다. 폴의 말대로 열쇠는 열쇠 구멍에 꽂혀 있었다. 폴이 말했다.

"프랑스식 창문을 통해 들어가야겠다. 어쩌면 유리를 깨야 할지도 몰라."

우리는 저택 북쪽의 문을 통해 밖으로 나갔다. 얼굴에 닿는 찬 공기가 따가웠다. 밤새 서리가 내렸고 전날 낮에 폴과 내가 눈으로 장난을 쳤던 곳을 제외하곤 얇은 눈이 여전히 포슬포슬하게 덮여 있었다. 서재 바깥은 너비가 2미터 정도 되는 작은 스페인식 정원이었고 거기서 잔디밭과 경계를 이루는 자갈길로 이어졌다. 두 쌍의 발자국이 선명하게 보였다. 누군가가 프랑스식 창문을 통해 서재에 들어갔다가, 같은 길로 떠난 흔적이었다. 발자국은 컸고 형태는 약간 불분명했는데, 내 생각에는 바닥이 매끄러운 고무장화 자국 같았고 첫 번째 발자국이 두 번째 발자국과 부분적으로 겹쳐 있었다.

폴이 경고했다.

"발자국을 건드리면 안 돼. 벽에 바짝 붙어서 돌아가야겠다."

프랑스식 창문은 닫혀 있었지만 잠겨 있지는 않았다. 폴이 창문에 등을 대고 한 손을 뻗어 문을 열더니 미끄러지듯 안으로 들어가 제일 먼저 암막 커튼을 옆으로 젖히고 다음으로 묵직한 양단 커튼을 젖혔다. 나도 뒤따라 안으로 들어갔다. 서재 안은 책상 위에 놓인 초록색 가리개 전등을 제외하곤 어두웠다. 나는 그럴 리 없다는 마음에 사로잡힌 채 쿵쾅거리는 심장을 느끼며 책상 쪽으로 천천히 움직였다. 등 뒤로 폴이 두 벌의 커튼을 거칠게 걷어내는 소리가 들려왔다. 갑자기 밝은 아침 햇살이 가득 들어차 책상 전등의 초록색 빛을 집어삼키더니 이윽고 책상 위에 엎드린 그것을 무시무시하게 드러냈다.

롤런드는 머리 위쪽을 으깨버린 엄청난 힘의 타격으로 살해당했다. 양팔 모두 책상 위에 쭉 뻗고 있었다. 왼쪽 어깨 역시 얻어맞은 것처럼 아래로 축 늘어져 있었고, 손은 응고되어 곤죽이 되어버린 핏덩이에 부서진 뼛조각이 엉망으로 박혀 있는 상태였다. 책상 위에는 롤런드의 묵직한 황금 손목시계 앞면이 박살 나 있었고 조그만 유리 파편이 다이아몬드처럼 반짝였다. 타격의 힘으로 쨍그랑거리며 흩어졌을 동전은 몇 개가 카펫에 굴러떨어져 있고 일부는 책상 위에 흩어져 있었다. 나는 고개를 들어 열쇠가 정말로 열쇠 구멍에 꽂혀 있는 걸 확인했다. 폴은 박살 난 손목시계를 들여다보며 말했다.

"10시 30분이야. 롤런드가 살해당한 시간이거나, 그랬을 거라고 우리가 믿게 할 시간이겠지."

문 옆에 전화기가 있었다. 나는 폴이 교환수와 연결해 경찰에 전화하는 동안 꼼짝도 하지 않고 기다렸다. 잠시 후 폴은 문의 열쇠를 돌려 열었고 우리는 함께 밖으로 나갔다. 폴이 다시 열쇠를 꽂고 문을 잠그더니 열쇠를 주머니에 넣었다. 열쇠 구멍은 기름칠한 지 얼마 안 되었는지 소리도 없이 잘 돌아갔다. 그때 나는 우리가 바닥에 떨어진 겨우살이 열매를 밟아 으깨버렸다는 사실을 알아챘다.

✳

　30분도 안 되어 조지 블랜디 경위가 도착했다. 경위는 단단한 체격의 시골 사람으로 지푸라기 색깔 머리카락의 숱이 어쩌나 많은지 날씨에 시달린 얼룩덜룩한 사각형 얼굴 위에 초가지붕을 얹은 것처럼 보였다. 경위는 습관인지, 아니면 말할 수 없을 정도로 흥청망청한 크리스마스를 보내고 아직 회복 중이어서인지 아주 찬찬히 움직였다.

　경위가 도착하고 곧바로 경찰서장이 몸소 찾아왔다. 폴이 내게 서장에 대해 말해주었다. 로스 암스트롱 서장은 전직 식민지 총독으로 구식 경찰서장의 마지막 세대에 속하며 정상적인 정년을 넘긴 게 분명해 보였다. 키가 아주 크고 사색하는 독수리 같은 얼굴을 한 서장이 할머니를 세례명으로 부르며 인사하더니 할머니를 따라 위층 개인 응접실로 올라갔다. 서장은 다급하고도 약간 당혹스러운 집안일에 조언하러 달려온 사람 특유의 엄숙한 공모의 분위기를 풍겼다. 서장이 나타나자 블랜디 경위가 약간 위협을 받은 기색을 보였지만 나는 이번 수사를 사실상 책임질 사람이 누구인지에 관해서는 별 의문이 들지 않았다.

누구는 이 이야기가 전형적인 애거서 크리스티 유형이라고 생각할 것 같은데, 그 생각이 옳다. 나 역시 당시에는 정확히 같은 생각이었다. 그러나 사람들은 실제 살인의 빈도를 제외한다면 내 어머니가 살았던 영국이 데임 애거서 크리스티의 메이햄 파르바*와 얼마나 흡사했는지 잊곤 한다. 게다가 시체가 영국 대중 소설에서 가장 치명적인 장소로 등장하는 서재에서 발견될 수밖에 없었던 점도 완전하게 적절해 보인다.

시체는 경찰의가 도착할 때까지 옮길 수 없었다. 경찰의가 지역 타운의 아마추어 무언극을 보러 갔기 때문에 현장에 도착하는 데 시간이 좀 걸렸다. 경찰의 바이워터스 박사는 키가 작고 통통하며 거드름을 피우는 왜소한 남자로 얼굴도 머리카락도 붉었다. 만약 이번 범죄가 살인보다는 덜 불길한 종류였고 장소 역시 영주 저택보다 덜 권위적인 곳이었다면 의사의 선천적 성마름이 적극적인 나쁜 유머로 악화했을 거라는 생각이 들었다.

---

* 영국의 탐정소설 작가 콜린 왓슨이 애거서 크리스티 소설의 배경으로 등장한 글렌 파르바, 애시비 파르바 등의 지명을 통해 만들어낸 용어로, 추리소설에서 흔히 범죄의 배경으로 등장하는 영국의 전형적인 외딴 시골 마을이다.

폴과 내가 서재에 가지 못하도록 교묘하게 따돌려지는 동안 경찰의가 검사를 진행했다. 할머니는 계속 위층의 개인 응접실에 머무르기로 했다. 도저히 공략할 수 없는 알리바이를 확보하고 기세등등해진 세든 부부는 샌드위치를 만들어 대접하고 끊임없이 커피와 차를 내오는 일로 분주했는데, 어쩐지 처음으로 즐겁게 일하는 것처럼 보였다. 롤런드의 크리스마스 선물이 요긴하게 쓰이고 있었는데 공정하게 말해 만약 롤런드가 이 사실을 알았다면 꽤 흡족해했을 것이다. 묵직한 발소리가 홀을 오가고, 자동차가 도착했다가 떠나고, 전화들이 걸려 왔다. 경찰은 뭔가를 측정하고 상의하고 사진을 찍었다. 결국, 시체는 수의에 싸여 들것에 실려서 집 밖으로 나갔고 불길해 보이는 작은 검은색 밴에 실렸다. 그동안 폴과 나는 응접실 창문으로 그 모습을 지켜보았다.

경찰이 책상에서 발견된 다른 지문과 구별하기 위해 우리 지문을 채취한다고 설명했다. 누군가가 내 손가락을 가볍게 잡고 아마도 일종의 잉크 패드로 기억되는 물체 위에 갖다 대는 감각은 참 이상했다. 당연히 폴과 나는 따로, 그리고 함께 신문을 받았다. 그 커다란 체구로 응접실 안락의자를 가득 채운 블랜디 경위 맞은편에 앉았던 때가 기억난다.

경위가 크리스마스 당일의 온갖 세세한 일들을 샅샅이 물어 보는 동안 그의 묵직한 다리가 카펫 위에 단단히 박혀 있었 다. 순간 나는 크리스마스의 거의 모든 시간을 내 사촌과 함 께 보냈다는 사실을 깨달았다.

✳

저녁 7시 30분에 경찰은 여전히 저택에 있었다. 폴이 경 찰서장을 만찬에 초대했지만 서장은 사양했는데, 내 생각에 는 용의자들과 빵을 나눠 먹는 일이 께름칙해서라기보다는 손주들 곁으로 돌아가야 해서 그런 것 같았다.

로스 서장은 출발하기 전 할머니 방에 찾아가 오래 머물 렀다가 다시 응접실로 돌아와 그날의 수사 활동을 보고했 다. 나는 피해자가 농장 노동자였거나 범죄 장소가 지역 술 집이었대도 서장이 저토록 적극적으로 나섰을까 궁금했다.

서장은 꼬박 하루가 걸린 일을 해냈다는 자신감에 차올 라 자기 확신이 가득한 스타카토 억양으로 말했다.

"런던경시청에는 연락하지 않을 거요. 우리 관할 지역에 서 마지막으로 살인사건이 발생했던 8년 전에는 경시청에 연락했었죠. 큰 실수였습니다. 그 사람들은 지역민을 놀라게

한 것 말곤 하는 일도 없었으니까. 사건은 꽤 명백합니다. 피해자는 의자에서 일어나려다가 책상 너머에서 막강한 힘으로 가해진 단 한 번의 타격으로 살해당했어요. 무기는 묵직한 둔기겠죠. 두개골이 바스러졌지만 피는 많이 흘리지 않았습니다. 뭐, 여러분도 직접 봤겠지만요. 살인자는 키가 컸다고 말할 수 있을 거요. 롤런드 메이브릭은 188센티미터가 넘으니까. 범인은 프랑스식 창문으로 들어왔다가 같은 길로 나갔습니다.

발자국에서 많은 정보를 얻을 수는 없었습니다. 자국이 너무 또렷하지 않아요. 두 번째 발자국이 첫 번째 발자국 위에 찍힌 건 분명합니다. 우발적인 절도일 수도 있어요. 최근 한두 건 발생한 적 있는 탈주범의 짓일 수도 있고요. 개머리판으로 타격을 가했을지도 모르죠. 거리로 보나 무게로 보나 적당해요. 정원으로 나가는 서재 문이 열려 있었을지도 모릅니다. 여러분 할머님께서 집사 세든에게 당신이 직접 문이 잠겼나 확인하겠다고 했고, 나중에 롤런드에게 자러 가기 전 서재 문단속을 하라고 일렀답니다.

등화관제 중이었기 때문에 살인자는 서재 안에 사람이 있는 줄 몰랐을 겁니다. 문을 열어보고 안으로 들어갔다가 반짝이는 화폐를 보고 거의 충동적으로 사람을 죽였을지도 모르죠."

폴이 물었다.

"그렇다면 왜 동전을 훔쳐 가지 않았을까요?"

"지금 유통되는 법정화폐가 아닌 걸 알아봤겠죠. 그런 건 처리하기가 힘드니까요. 아니면 범인이 공황에 빠졌거나 무슨 소리를 들었거나."

폴이 물었다.

"그런데 홀로 통하는 서재 문을 잠갔다고요?"

"살인자는 열쇠를 보고, 자신이 충분히 멀리 도망칠 수 있을 때까지 시체가 발견되지 않도록 열쇠를 돌려놨을 겁니다."

서장은 잠시 말을 멈추었는데, 매부리코 위로 묘하게 교활한 표정을 짓고 있어서 다소 거만해 보였다. 서장이 말을 이었다.

"또 다른 가설은 롤런드가 직접 문을 걸어 잠갔다는 겁니다. 몰래 누가 오기로 했는데 다른 사람의 방해를 받고 싶지 않았던 거죠. 폴, 당신에게 물어봐야 할 게 있습니다. 다소 민감한 질문이에요. 당신은 롤런드를 얼마나 잘 알고 있었죠?"

폴이 대답했다.

"잘 몰랐습니다. 육촌이었으니까요."

"롤런드를 신뢰했습니까? 이런 질문을 용서해주십시오."

"불신할 이유가 없었어요. 할머니도 조금이라도 의심을 품었다면 아마 동전 판매를 부탁하지 않았을 테니까요. 그는 같은 가문 사람입니다. 먼 친척이기는 해도 여전히 가문의 일원이죠."

"물론입니다. 같은 가문이죠."

서장이 잠시 말을 멈추었다가 이었다.

"연출된 공격이었는데 도를 넘은 게 아니었을까 하는 생각이 들어요. 롤런드는 동전을 훔쳐낼 공범을 준비해두었을지도 몰라요. 그에게 런던에 연줄이 있는지 런던경시청에 수사 의뢰를 할 생각입니다."

나는 가짜 피해자의 두뇌를 곤죽으로 만들 만큼의 거짓 공격이라면 어마어마하게 도를 넘어선 게 아니겠냐고 말하고 싶었지만, 입을 다물었다. 경찰서장이 내게 당장 응접실에서 나가달라고 지시할 수야 없겠지만, 그가 사건에 대한 나의 명백한 관심을 별로 달가워하지 않는다고 나는 느꼈다. 어쨌든 나도 시체를 발견한 자리에 있었으니까. 아마도 서장은 적절한 감정을 지닌 젊은 여성이라면 할머니의 선례를 따라 당장 자기 방으로 가버렸을 거라고 여겼을 것이다.

폴이 말했다.

"박살 난 시계는 이상한 점이 없습니까? 머리에 가한 치명적인 타격은 충분히 고의로 보였습니다만, 범인은 다시 둔기를 휘둘러 손을 박살 냈습니다. 정확한 죽음의 시간을 알리려고 그랬을까요? 만약 그랬다면 왜 그랬을까요? 혹시 범인이 시계를 박살 내기 전에 시간을 바꿔놓았을 가능성은 없을까요? 롤런드가 그다음에 죽임을 당했을 가능성은 없나요?"

경찰서장은 폴의 공상을 너그럽게 받아주었다.

"약간 억지스럽다는 생각이 드는군요. 사망 시간은 꽤 정확히 추정됐다고 생각합니다. 바이워터스 박사는 사후강직 정도로 미루어 10시에서 11시 사이에 피해자가 사망한 것으로 봤어요.

범인이 어떤 순서로 타격을 가했는지는 확신할 수 없어요. 손과 어깨를 먼저 치고 나중에 머리를 때렸을 수도 있습니다. 아니면 머리를 먼저 때린 후에 공황에 빠져 미친 듯이 무기를 휘둘렀을 수도 있고요. 여러분이 어떤 소리도 듣지 못했다니 안타깝습니다."

폴이 말했다.

"우린 축음기를 꽤 큰 소리로 켜두었고 집 안의 문과 벽도 아주 단단해요. 안타깝게도 11시 30분 정도에는 제가 뭘 알아챌 상태가 아니었고요."

서장이 가려고 일어나자 폴이 물었다.

"경찰 업무가 끝났다면 서재를 사용해도 될까요? 아니면 계속 문을 봉인해둬야 할까요?"

"아니, 그럴 필요는 없습니다. 필요한 일은 다 했습니다. 물론 지문이 나오지 않았지만, 뭐 지문이 나올 거라고 기대하지도 않았어요. 범인이 장갑을 끼지 않았다면 무기에는 당연히 지문이 있겠지요. 하지만 범인은 무기도 가져가버렸습니다."

경찰이 떠난 후 집 안은 무척 고요했다. 여전히 방에 머무르던 할머니는 저녁 식사도 쟁반에 담아 했고 식당의 빈 의자를 마주하고 싶지 않던 폴과 나는 응접실에서 수프와 샌드위치로 끼니를 때웠다. 나는 불안했고 몸도 몹시 피곤했다. 또 약간 겁을 먹기도 했다.

살인사건에 대해 말할 수 있다면 도움이 되었겠지만, 폴은 지친 기색으로 말했다.

"우리 조용히 있자. 죽음이라면 하루 동안 충분히 겪었잖아."

그래서 우리는 조용히 앉아 있었다. 7시 40분부터 BBC

홈서비스에서 방송하는 라디오 보드빌*을 들었다. 빌리 코튼 밴드와 에이드리언 볼트가 지휘하는 BBC 심포니 오케스트라의 연주였다. 9시 뉴스와 9시 20분 전쟁 해설방송이 끝나자 폴은 집사 세든이 문을 확실히 잠갔는지 확인하는 게 좋겠다고 중얼거렸다.

바로 그때, 절반은 충동적으로, 나는 홀을 가로질러 서재로 갔다. 나는 혹시 롤런드가 아직도 책상 앞에 앉아 탐욕스러운 손길로 동전을 분류하는 모습을 보게 될까 두려운 사람처럼 문손잡이를 가만히 돌렸다. 암막 커튼이 처진 방에서는 피가 아닌 오래된 책들의 냄새가 풍겼다. 상단이 깨끗이 치워진 책상은 무서울 게 전혀 없는 평범한 가구 하나일 뿐이었고 의자는 깔끔하게 제자리에 놓여 있었다.

나는 이 방이 수수께끼의 실마리를 품고 있다고 확신하며 문 앞에 섰다. 그리고 호기심을 안고 책상까지 걸어가 서랍들을 열어봤다. 책상 양쪽에 깊은 서랍 한 개, 그리고 그 위에 얕은 서랍 두 개씩이 붙어 있었다. 왼쪽 서랍은 종이와 서류로 가득해서 문을 열기가 어려울 정도였다. 오른쪽의 깊은 서랍은 비어 있었다. 나는 그 위의 얕은 서랍을

* 노래, 춤, 촌극 등을 엮은 오락연예

열었다. 고지서와 영수증 다발이 들어 있었다. 다발을 훑어 보다가 런던의 동전 거래상에서 구매한 내역과 5주 전 날 짜가 기입된 3,200파운드짜리 영수증 하나를 발견했다.

그밖에 관심을 끌 만한 것은 없었다. 나는 서랍을 닫고 책상에서 프랑스식 창문까지 거리를 측정하며 걷기 시작했 다. 그때 문 여는 소리도 거의 들리지 않았는데 사촌의 모 습이 보였다.

폴이 내 옆으로 조용히 다가오더니 가볍게 말했다.

"뭐해? 공포를 쫓아내려고?"

내가 대답했다.

"비슷해."

우리는 잠시 말없이 서 있었다. 이윽고 폴이 내 손을 잡 더니 제 팔 쪽으로 잡아당겼다. 폴이 말했다.

"미안해, 사촌. 너한테도 참 끔찍한 하루였지? 우리가 원한 거라곤 그저 너에게 평화로운 크리스마스를 선사하는 것뿐이었는데 말이야."

나는 대답하지 않았다. 그저 폴이 가까이 있다는 것을, 폴의 몸이 품은 온기를, 폴의 완력을 의식했다. 우리가 함 께 문 쪽으로 움직이는 동안 나는 생각만 했을 뿐 말로 하 지는 않았다.

"나한테 평화로운 크리스마스를 선사하는 것, 정말로 원한 게 그것뿐이었어? 정말 그게 다였어?"

✳

남편이 죽은 후로 잠들기가 어려워지기도 했기에, 사주식 침대 차양 아래 뻣뻣하게 누워서 예사롭지 않았던 하루를 돌이켜보며 뭔가 이상했던 점이나 사소한 사건들, 실마리를 짜 맞춰 무질서에 질서를 부여하려고 노력하면서 만족할 만한 무늬를 그려보았다. 지금 생각하면 그게 바로 내가 평생 하고 싶어 했던 일이었다. 내 평생의 경력을 결정한 것은 바로 그날 밤 스터틀리 저택에서였다.

롤런드 메이브릭은 110센티미터 너비의 책상 건너편에서 날아온 단 한 번의 타격으로 10시 30분에 살해당했다. 그러나 10시 30분에 내 사촌 폴은 나와 함께 있었고 종일 나의 시야에서 벗어난 적이 거의 없었다. 나는 폴에게 반박의 여지가 없는 알리바이를 제공했다. 혹시 내가 여기 초대받은 정확한 이유는, 즉 최근 군대에 자원한 젊은 과부가 틀림없이 그리워할 평화와 고요, 좋은 음식과 포도주를 약속 받으며 이 저택으로 낚여 들어 온 이유는 바로 그것이 아니었을까?

피해자 역시 스터틀리 저택으로 유인당했다. 롤런드가문 미끼는 귀중한 동전들을 손에 넣고 그 판매를 협상할 수 있으리라는 전망이었다. 그러나 당연히 귀중품이며 곧 판매될 예정이라고 들은 그 동전들은 사실 겨우 5주 전에, 그러니까 내가 할머니의 초대를 받아들인 직후에 구입한 것이었다. 나는 잠시 왜 영수증을 없애지 않았을까 생각하다가 금세 대답을 떠올렸다. 제 몫을 다 한 동전들을 다시 팔아 3,200파운드를 회수하려면 그 영수증이 필요했을 것이다. 또 내가 이용당했다면, 다른 사람들도 역시 이용당했을 터였다.

크리스마스는 두 하인 모두 밤새 집을 비워도 괜찮은 날이었다. 경찰 역시 지정된 역할을 해주리라 기대할 수 있었다.

솔직하고 성실하지만, 딱히 영리하지는 않은 조지 블랜디 경위는 유서 깊은 가문을 향한 존경 때문에, 그리고 경찰서장이 몸소 나타나는 바람에 수사에 제약을 받을 수밖에 없었다. 정년을 훌쩍 넘겼지만, 전쟁 때문에 여전히 현직을 지키고 있는 로스 서장은 살인사건을 다룰 만큼의 경험이 부족했고, 가문의 친구이자 지역의 영주를 야만적인 살인사건 용의자로 의심할 사람이 아니었다.

하나의 무늬가 그럴듯한 모양을 띠기 시작하면서 그림으로 형성되었고, 곧 하나의 얼굴 형태가 되었다. 상상 속에서 나는 살인자의 발걸음을 따라 걸었다. 애거서 크리스티 유형의 범죄인만큼 적절하게 그를 X라고 부르겠다.

X는 크리스마스이브 어느 시점에 서재 책상의 오른쪽 서랍을 비우고 종이는 왼쪽 서랍에 쑤셔 넣은 후 깨끗이 비운 서랍 안에 웰링턴 장화를 준비해두었다. 어쩌면 무기도 장화를 넣어둔 서랍에 숨겨두었을지 모른다. 아니다, 그건 불가능했다. 그랬다면 책상 건너편에서 바로 타격을 가하는 것보다 더 오래 걸려야 한다. 무기 문제는 나중으로 미뤄두기로 했다.

이제 치명적인 크리스마스 당일로 가보자. 10시 15분에 할머니가 자러 올라가면서 롤런드에게 다음 날 떠나기 전 동전들을 살펴볼 수 있도록 서재 금고에서 동전들을 빼놓겠다고 말한다. X는 10시 30분에 롤런드가 거기 책상 앞에 앉아 있을 거라고 확신할 수 있다. X는 열쇠를 들고 조용히 서재로 들어가 등 뒤로 조용히 문을 잠근다. 무기는 X의 손에 들었거나 아니면 방 안에서 손이 닿을 만한 거리 어딘가에 숨겨두었을 것이다.

X가 피해자를 죽인다. 시간을 고정하기 위해 시계를 박살 낸다. 구두를 웰링턴 장화로 갈아신는다. 정원으로 나가는 프랑스식 창문의 잠금장치를 풀고 창문을 활짝 연다. 그런 다음 가능한 한 가장 긴 경로로 서재를 내달려 어둠 속으로 도약한다. 180센티미터가 넘는 거리의 눈밭을 뛰어넘어 자갈길에 착지하려면 젊고 건강하고 운동을 잘하는 사람이어야 한다. 그러니 X는 젊고 건강하고 운동을 잘하는 사람이다.

자갈길에 발자국이 남을까 봐 걱정할 필요는 없다. 그날 오후 우리가 눈싸움을 벌인 바람에 눈은 난장판이 되었다. X는 서재 문으로 가는 첫 번째 발자국을 만들고 문을 닫은 다음 첫 번째 발자국과 부분이 겹치도록 신중하게 밟아가며 두 번째 발자국을 낸다. 손잡이에 지문이 남을까 봐 걱정할 필요도 없다. X의 지문은 거기 있어도 된다. 잠시 후 X는 빗장을 풀어둔 옆문을 통해 집 안으로 다시 들어와 자기 구두를 신고 웰링턴 장화를 앞쪽 현관의 제자리에 되돌려둔다. X가 홀을 가로지르는 동안 장화에서 눈이 떨어지면서 녹아 나무 바닥에 물웅덩이로 고인다.

그것 말고 거기 작은 물웅덩이가 생긴 걸 어떻게 설명할 수 있을까? 폴이 할머니 물병에서 물을 흘렸다고 했을 때 폴은 분명 거짓말을 했다. 할머니 침대 옆에 있던 물이 반쯤 찬 유리병은 맨 위가 유리컵으로 덮여 있었다. 물을 나르던 사람이 비틀거리다 넘어지지 않았다면 유리병에서 물이 흘러나올 수는 없었을 것이다.

마침내 나는 살인자에게 이름을 부여했다. 하지만 내 사촌이 롤런드를 죽였다면 그 짧은 시간 안에 어떻게 해냈을까? 폴이 내 곁을 떠났던 건 할머니에게 인사하러 간 3분도 안 되는 시간이었다. 그 시간에 무기를 가져오고 서재로 가고 롤런드를 죽이고 발자국을 만들고 무기를 처리하고 무기에서 핏자국을 지우고 그토록 차분하게 내 곁으로 돌아와 나더러 위층에 올라가야겠다고 말할 수 있었을까?

하지만 바이워터스 박사의 사망 시간 추정이 틀렸다면? 시계 때문에 지나치게 성급하게 진단을 내린 거라면? 만약 폴이 시계를 부수기 전에 시곗바늘을 돌려놓았고 실제 살인은 10시 30분이 지난 후에 벌어진 거라면? 하지만 의학적 증거는 확실히 결정적이었고, 1시 30분 따위의 늦은 한밤중일 수는 없었다. 만약 그랬다고 해도 폴은 너무 취해서 계산된 타격을 가할 수 없었을 것이다.

하지만 폴은 정말로 취했을까? 그것 역시 계략이 아니었을까? 폴은 술병을 가져오기 전 내게 위스키를 좋아하느냐고 물었고, 내 기억에 폴의 숨결에서 풍긴 증류주 냄새는 희미했다. 하지만 아니다. 살인 시점은 반박의 여지가 없었다. 폴이 롤런드를 살해했을 가능성은 없었다.

그러나 폴이 단지 공범에 불과하다면? 실제 행위는 다른 사람이 저질렀다면? 어쩌면 동료 장교가 몰래 집 안으로 들어와 수많은 방 중 하나에 숨어 있다가 10시 30분에 몰래 내려와, 내가 폴에게 알리바이를 제공하고 요동치는 바그너 음악이 타격의 소리를 집어삼키는 동안, 롤런드를 죽였다면? 그리고 행위를 마친 후, 그 사람이 무기를 가지고 방을 떠나면서 열쇠를 문 위에 장식해둔 호랑가시나무와 겨우살이 다발 사이에 숨기고, 그러는 동안 다발을 건드리는 바람에 겨우살이 열매가 땅에 떨어진 거라면? 후에 폴이 와서 문틀에서 열쇠를 가져가 떨어진 열매를 밟지 않으려 조심해가며 서재 문을 등 뒤에서 잠그고, 열쇠는 열쇠구멍에 꽂아둔 채, 내가 앞서 상상했던 대로 발자국을 위조한 거라면?

폴을 실제 살인자가 아닌 공범으로 생각하면 역시 대답할 수 없는 수많은 질문이 제기될 수 있었지만, 전혀 불가능한 일은 아니었다. 공범이 군인이라면 필요한 기술도 담력도 갖추었을 것이다. 어쩌면 그들은 이 일을 일종의 연습

훈련으로 여겼을지도 모른다고, 나는 씁쓸하게 생각했다. 심란한 마음을 가라앉히고 잠이 들 무렵 나는 하나의 결론에 이르렀다. 내일이면 나는 경찰이 피상적으로 하고 말았던 일을 더욱 철저히 해낼 것이다. 나는 무기를 찾을 것이다.

돌이켜보면 나는 그 행위에 특별히 혐오감을 느끼지는 않았던 것 같다. 경찰에 털어놓을 충동은 확실히 없었다. 내가 사촌을 좋아하고 롤런드를 싫어했기 때문만은 아니었다. 이런 심리는 전쟁과 상관이 있다고 생각한다. 전 세계에서 선량한 사람들이 죽어가는데 호감이 가지 않는 한 사람이 살해당했다는 사실은 어쩐지 덜 중요해 보였다.

지금은 내 생각이 틀렸음을 안다. 어떤 경우라도 살인은 용서되거나 용납될 수 없다. 그러나 이후에 내가 한 일을 후회하지는 않는다. 어떤 인간도 교수대의 밧줄 끝에서 죽어서는 안 된다.

나는 날이 밝기도 전에 일찍 잠에서 깨어났다. 참을성을 발휘해 기다렸다. 인공조명으로 수색하는 건 소용없었고 사람들의 이목을 끌고 싶지도 않았다. 그래서 세든 부인이 이른 아침 차 쟁반을 가져올 때까지 기다렸다가 목욕하고 옷을 입고 9시 직전에 아침을 먹으러 아래층으로 내려갔다.

사촌은 자리에 없었다. 세든 부인이 폴은 자동차 수리를 받으러 마을에 나갔다고 말했다. 내게 필요했던 기회였다.

수색은 집 꼭대기 층의 작은 창고에서 끝났다. 방 안이 물건으로 가득 차 있어서 트렁크들과 양철 상자들과 낡은 궤짝 위를 올라다니며 수색해야 했다. 약간 낡은 크리켓 방망이들과 공이 든 나무 궤짝이 하나 있었다. 먼지가 가득 쌓인 것으로 봐서 집안의 손주들이 마을 대회에서 마지막 경기를 한 후로 사용하지 않은 게 분명했다. 나는 아름답지만 낡아 보이는 목마를 툭 쳐서 저 혼자 열심히 삐걱거리게 놔둔 다음, 혼비 기차 세트의 주석 트랙 더미에 빠졌다가, 커다란 노아의 방주에 발목을 부딪쳤다.

하나밖에 없는 창문 밑에 길쭉한 나무 상자가 있어서 열어보았다. 여섯 개의 크로케 나무망치와 공, 고리를 덮은 갈색 종이에서 먼지가 일었다. 길쭉한 손잡이가 달린 나무망치가 적당한 무기가 될 수도 있겠다는 생각이 스쳤지만, 몇 년 동안 건드린 흔적이 없었다. 나는 상자 뚜껑을 다시 덮고 더 깊숙이 탐색했다.

구석에 골프가방 두 개가 있었는데, 거기서 내가 찾던 것을 발견했다. 큼직한 나무 머리가 달린 골프채 하나가 다른 것들과 달랐다. 머리 부분이 반짝이게 닦여 있었다.

순간 발소리가 들려와 뒤를 돌아보니 내 사촌이 보였다. 내 얼굴에 분명히 죄책감이 드러났을 테지만, 폴은 조금도 걱정하는 얼굴이 아니었다.

폴이 물었다.

"뭐, 도와줄까?"

"아니."

내가 말했다.

"그냥 뭘 좀 찾고 있었어."

"그래서, 그걸 찾았고?"

"응. 그런 것 같아."

폴이 창고 안으로 들어와 문을 닫더니 그 문에 기대어 서서 심상하게 말했다.

"롤런드 메이브릭을 좋아했어?"

"아니."

내가 말했다.

"아니, 그 사람을 좋아하지 않았어. 하지만 좋아하지 않는다고 해서 그 사람을 죽일 이유가 되지는 않아."

폴이 느긋하게 말했다.

"그건 그렇지? 하지만 네가 그자에 관해 알아야 할 게 있어. 롤런드는 내 형의 죽음에 책임이 있어."

"롤런드가 찰스를 죽였다는 말이야?"

"직접적인 방법은 아니고. 롤런드가 형을 협박했어. 찰스 형은 동성애자였어. 롤런드가 그 사실을 알고 돈을 요구했지. 찰스 형은 롤런드의 힘에 휘둘리고 자기 자리를 잃는 기만적인 삶을 마주할 수 없어서 자살했어. 형은 죽음의 위엄을 택한 거야."

그 시절을 돌이켜보자면 1940년대 사람들의 인식은 얼마나 달랐는지 스스로 상기해야 한다. 지금은 누구라도 그런 동기로 자살한다면 이상해 보일 것이다. 그때는 폴의 말이 사실임을 씁쓸하게 확신할 수 있었다.

내가 물었다.

"할머니도 동성애에 관해 아셔?"

"물론 알지. 할머니 세대가 모르거나 추측하지 못하는 건 많지 않아. 할머니는 찰스를 무척 아꼈어."

"그렇구나. 알려줘서 고마워."

잠시 후 내가 말했다.

"롤런드 메이브릭이 잘 살아 있음을 알고도 오빠가 군대에서 첫 임무를 떠나야 했다면 미처 끝내지 못한 일이 있다고 느꼈겠네."

폴이 말했다.

"정말 똑똑하구나, 사촌. 상황 파악도 잘하고. 미처 끝내지 못한 일을 남겨두었다는 느낌, 내가 정확히 느껴야만 했던 감정이야."

그리고 덧붙였다.

"그런데 여기서 뭘 하고 있었어?"

나는 손수건을 꺼내며 폴의 얼굴을 보았다. 그 얼굴은 내 얼굴처럼 당황스러워 보였다.

내가 말했다.

"그냥 골프채 위에 쌓인 먼지를 털고 있었어."

이틀 후 나는 그 집을 떠났다. 우리는 다시는 그 일을 말하지 않았다. 수사는 별 소득 없이 계속되었다. 나는 사촌에게 어떻게 해냈는지 물어볼 수도 있었지만, 그러지 않았다. 몇 년 동안 절대로 사실을 몰라야 한다고 생각했다.

내 사촌은 프랑스에서 죽었다. 감사하게도 게슈타포 심문 중에 죽지는 않았고, 매복 중에 총에 맞아 죽었다. 나는 폴의 공범인 군인이 전쟁에서 살아남았을지, 함께 죽었을지 궁금했다. 할머니는 그 저택에 홀로 살았는데, 아흔한 살까지 살다가 재산을 궁핍한 귀족 여성들을 위한 자선단체에 기부하면서 저택을 숙소로 사용하든지 팔든지 하도록 했다. 나로선 전혀 예상하지 못한 할머니의 선택이었다. 자선단체는 그 저택을 팔았다.

할머니는 서재의 책들을 내게 유산으로 남겼다. 나 역시 대부분의 책을 팔긴 했지만, 한번 살펴보고 보관할 것들을 추려내려고 그 집에 갔었다. 거기서 다소 지루한 19세기 설교집 두 권 사이에 사진첩 하나가 꽂힌 걸 발견했다. 나는 롤런드가 살해당했던 그 책상 앞에 앉아서 사진첩을 넘겨 보았다. 허리를 바짝 졸라매 도드라진 가슴을 하고 거대한 꽃 모자를 쓴 숙녀들의 세피아 빛깔 사진을 보니 미소가 나왔다.

그때 빳빳한 페이지를 넘기다가 우연히 할머니의 젊은 시절 사진을 보았다. 할머니는 기수 모자처럼 보이는 우스꽝스러운 작은 캡을 쓰고 골프채를 마치 파라솔처럼 의기양양하게 들고 있었다. 사진 옆에는 세심한 손글씨로 할머니 이름이 쓰여 있고 그 밑에 이렇게 적혀 있었다.

'1898년 카운티 골프대회 숙녀 부문 챔피언.'

아주 흔한 살인사건

A VERY COMMONPLACE
MURDER

"우리 사무실은 토요일 정오에 닫아요."

부동산 중개소의 금발 여자가 말했다.

"그 시간 후까지 열쇠를 가지고 계신다면 우편함에 넣어 두고 가시면 돼요. 우리가 가진 유일한 열쇠인 데다가 월요 일에 다른 손님이 그 집을 보고 싶어 할지도 모르니까요. 여기 서명해주세요, 손님."

'손님'이라는 말은 다소 불퉁거리는 투였다고 나중에 생 각했다. 여자의 말투는 꾸지람처럼 들렸다. 여자는 가짜 상 류층 분위기를 풍기면서 초라한 모습에 목소리도 거칠게 갈 라진 노인이 그 아파트를 정말로 구매할 거라 보지 않았다.

여자 같은 직업을 가진 사람이라면 진짜 구매자를 알아보는 눈이 금방 생긴다. 노인의 이름은 어니스트 게이브리얼. 이름도 이상하다. 반은 흔하고 반은 색다르다.

그러나 노인은 아주 공손하게 열쇠를 받아들고 여자에게 수고해주어 고맙다고 인사했다. 수고로울 건 없다고 여자는 생각했다. 그 누추하고 조그만 쓰레기더미에 관심 있는 사람은 거의 없으며 그나마 그 사람들도 가격까지 물어보는 건 아니라는 사실은 아무도 몰랐다. 여자가 생각하기에 노인이 열쇠를 일주일 정도 가지고 있어도 괜찮을 것 같았다.

여자의 생각이 옳았다. 게이브리얼은 집을 사러 온 게 아니었다. 그저 보러 왔다. 16년 전 그 일이 일어난 후 게이브리얼이 여기에 돌아온 것은 이번이 처음이었다. 게이브리얼은 순례자로도 참회자로도 오지 않았다. 분석해볼 엄두도 내지 못한 어떤 충동 때문이었다. 원래는 살아 있는 유일한 친척이자 최근 노인 병동에 입원한 나이 든 숙모를 만나러 오는 길이었다. 버스가 그 아파트 건물을 지나갈 것을 알지도 못했다.

그런데 버스가 갑자기 요동치며 캠든 타운을 통과하는 순간 불현듯 초점이 맞춰진 사진처럼 거리가 눈에 익었고,

게이브리얼은 놀라움으로 전율하며 전방에 위치한 상점 두 개와 그 위쪽 아파트로 이루어진 건물을 알아보았다. 아파트 창문에 부동산 중개소에서 걸어놓은 안내판이 있었다. 게이브리얼은 거의 생각하지도 않고 다음 정거장에서 내려 길을 되돌아가 이름을 확인하고 8백 미터 정도 떨어진 부동산 중개소까지 걸어갔다. 매일의 버스 출근길처럼 자연스럽고 불가피해 보였다.

20분 후 게이브리얼은 현관문 열쇠 구멍에 열쇠를 끼우고 아파트를 꽉 채운 공허 속으로 들어섰다. 때 묻은 더러운 벽에 여전히 음식 냄새가 배어 있었다. 닳은 리놀륨 바닥에 봉투들이 흩어져 있었는데, 전에 집을 보러 온 사람들의 발에 짓밟혀 더러워져 있었다. 현관 전등은 가리개도 없이 전구가 드러난 채로 흔들렸고 응접실로 들어가는 문은 열린 채였다. 오른편에는 계단이, 왼쪽에는 부엌이 있었다.

게이브리얼은 잠시 멈추었다가 부엌으로 들어갔다. 지저분한 깅엄 체크무늬의 짧은 커튼이 달린 창문을 통해 아파트와 마주한 커다란 검은 건물을 올려다보았다. 5층 높이에 달린 작은 사각형 창문을 제외하곤 납작하고 눈 둘 데 없는 건물이었다. 16년 전 게이브리얼은 저 창문을 통해 데니스 스펠러와 에일린 모리시가 흔한 비극을 연기하다 파국을 맞는 모습을 지켜봤었다.

하지만 게이브리얼에겐 그들을 지켜볼 권리도, 6시 이후 그 건물 안에 있을 권리도 없었다. 그 사실이 게이브리얼이 처한 끔찍한 딜레마의 핵심이었다. 사건은 우연히 일어났다. 모리스 부트먼 씨가 회사의 문서정리 담당자인 게이브리얼에게 작고한 부친 부트먼 씨의 위층 서재에 가서 서류철 가운데 어떤 문서가 있는지 한번 살펴보라고 지시했다. 비밀서류나 중요한 문서는 없었다. 그런 서류라면 이미 몇 달 전 가족과 회사의 사무 변호사가 다 처리했다. 게이브리얼이 살펴본 문서는 아버지 부트먼 씨의 책상에 잡동사니 다발로 들어 있는 누렇게 바래 가는 기한 지난 계약서들과 오래된 장부들, 영수증과 희미해지는 신문 스크랩 등이었다. 작고한 부트먼 씨는 사소한 것도 버리지 않고 전부 모아두는 엄청난 수집광이었다.

그러나 왼쪽 맨 아래 서랍 뒤쪽의 깊숙한 곳에서 게이브리얼은 열쇠 하나를 발견했다. 게이브리얼은 우연히 열쇠를 구석 캐비닛 자물쇠에 끼워보았다. 맞았다. 그리고 그 캐비닛에서 작고한 부트먼 씨의 적지만 엄선된 포르노 수집품을 발견했다.

게이브리얼은 그 책들을 읽고야 말 거라고 생각했는데,

계단을 올라오는 발소리나 가까워지는 엘리베이터의 낑낑
대는 소리에 한쪽 귀를 기울인 채, 혹시 문서 정리부서에서
자신의 부재를 알아채면 어쩌나 두려워하며 뒤가 구린 몇
분을 간신히 확보해서 읽고 싶지는 않았다. 아니, 게이브리
얼은 은밀하고도 평화롭게 그것들을 읽어야 했다. 그래서
계획을 세웠다.

어렵지는 않았다. 신뢰받는 직원답게 게이브리얼은 물
품이 배송되는 옆문 열쇠를 하나 가지고 있었다. 이 옆문은
수위가 퇴근 전에 잠그고 갔기 때문에 밤이면 안에서 잠겨
있었다. 늘 마지막으로 퇴근하는 축에 드는 게이브리얼은
수위가 주 출입문으로 나가기 전에 옆문 빗장을 풀어놓을
기회를 찾기가 그리 어렵지는 않았다. 게이브리얼은 일주
일에 한 번씩만 모험을 감행하기로 했는데, 선택한 날은 금
요일이었다.

게이브리얼은 서둘러 집으로 퇴근해 원룸의 가스난로
옆에서 혼자 식사를 하고 다시 회사 건물로 돌아가 옆문으
로 들어갔다. 필요한 거라곤 월요일 아침에 사무실이 열리
기를 기다렸다가 가장 먼저 출근하는 사람들 틈에 끼어 수
위가 그날의 물품 배송을 위해 옆문을 열러 오기 전에 옆문
을 확실하게 잠그는 일이었다.

그 금요일들은 게이브리얼에겐 절박하지만 수치스러운 즐거움이 되어주었다. 방식은 언제나 같았다. 게이브리얼 은 작고한 부트먼 씨의 난로 앞 나지막한 가죽 의자에 웅크 리고 앉아 무릎에 올려놓은 책 위로 어깨를 옹송그린 채 시 선은 페이지 위를 움직이는 손전등 불빛을 따라갔다. 사무 실 전등은 한 번도 밝히지 않았고 몹시 추운 밤에도 절대 가스난로를 켜지 않았다. 쉭쉭거리는 난로 소리 때문에 다 가오는 발소리를 듣지 못하게 될까 봐 두려웠고 또 난로 불 빛이 창을 가린 두꺼운 커튼을 뚫고 비칠까 봐, 혹은 어떻 게든 다음주 월요일 아침 사무실 안에 가스 냄새가 배어 자 신의 존재가 들통 날까 봐 두려웠다. 게이브리얼은 발각을 병적으로 두려워했지만, 그 두려움마저 은밀한 쾌락의 흥 분을 보태주었다.

그들을 처음 본 건 1월 셋째 금요일이었다. 온화한 저녁 이었지만 하늘은 별 하나 없이 흐렸다. 일찍 비가 내려 길 이 진창이 되었고 신문 광고판에 손글씨로 써놓은 기사 제 목이 눈물을 줄줄 흘렸다. 게이브리얼은 조심스럽게 발바 닥을 닦고 5층으로 올라갔다. 밀실처럼 폐소공포를 일으 키는 방에서 시큼한 먼지 냄새가 풍겼고 공기는 바깥의 밤 공기보다 더 차갑게 닿아왔다. 게이브리얼은 창문을 열고 비가 갠 하늘의 달콤한 공기를 조금만 들이면 어떨까 생각했다.

그때 여자를 보았다. 아래쪽에 상점 두 곳의 뒤쪽 출입구가 보였고 각 상점 위에는 살림집으로 쓰는 아파트가 있었다. 한쪽 아파트 창문은 판자로 막혀 있었지만 다른 아파트는 사람이 사는 것으로 보였다. 아파트는 철계단을 올라 아스팔트 앞마당으로 이어지는 구조였다. 게이브리얼은 가로등 불빛으로 여자가 계단 발치에서 잠시 걸음을 멈추고 핸드백을 만지작거리는 모습을 봤다. 이윽고 결심한 듯 여자가 재빨리 계단을 오르더니 거의 달리듯이 아스팔트 앞마당을 가로질러 아파트 현관문으로 갔다.

게이브리얼은 여자가 문 앞 그늘에 바짝 붙어서서 신속하게 열쇠 구멍에 열쇠를 넣고 돌린 후 시야에서 사라지는 모습을 지켜보았다. 그리고 짧은 시간이었지만 여자가 끝까지 단추를 채운 하얀 방수포 비옷을 입고 숱 많은 금발에 장바구니로 보이는 그물 가방을 든 것까지 알아보았다. 집에 도착하는 모습이라기엔 이상하게 은밀하고 쓸쓸해 보였다.

게이브리얼은 기다렸다. 거의 즉시 현관문 왼쪽 방의 불이 켜지는 게 보였다. 아마도 여자는 부엌에 있을 것이었다.

여자의 흐릿한 그림자가 앞뒤로 움직이고 허리를 숙였다 펴는 모습이 보였다. 장바구니를 풀고 있는 모양이었다. 잠시 후 그 방의 불이 꺼졌다.

잠시 아파트가 어둠에 잠겼다. 그리고 위층 창문에 불이 켜졌는데 이번에는 조명이 더 밝아서 여자가 더 또렷이 보였다. 여자는 자신이 얼마나 분명하게 보이는지 모를 것이다. 커튼이 쳐져 있었지만 얇았다. 아마 집주인은 자신들의 모습이 보이지 않을 거라고 확신해서 부주의해졌을 것이다. 여자의 윤곽은 희미한 얼룩 같았지만, 게이브리얼은 여자가 쟁반을 나르고 있음을 알았다. 어쩌면 여자는 침대에서 저녁을 먹을 생각일지도 모른다. 여자는 이제 옷을 벗고 있었다.

게이브리얼은 여자가 머리 위로 옷을 들어 올리고 몸을 비틀어가며 스타킹과 구두를 벗는 모습을 볼 수 있었다. 여자가 갑자기 창가로 바짝 다가와서 여자의 몸 윤곽이 뚜렷하게 보였다. 여자는 뭔가를 응시하며 귀를 세운 것처럼 보였다. 게이브리얼은 자기도 모르게 숨을 참고 있었다. 잠시 후 여자가 창가에서 멀어지고 전등 빛이 어두워졌다. 아마 여자가 천장 조명을 끄고 침대 옆 전등만 켜둔 것 같았다. 이제 방은 분홍색이 도는 더 부드러운 빛으로 빛났고 그 안에서 움직이는 여자의 모습은 꿈처럼 비현실적이었다.

게이브리얼은 차가운 창문에 얼굴을 대고 계속 지켜보았다. 8시 직후에 남자애가 도착했다. 게이브리얼은 언제나 그 남자를 '남자애'로 생각했다. 그렇게 멀리 떨어진 곳에서 봐도 남자애의 젊음과 취약함이 분명히 보였다. 남자애는 여자보다는 자신 있게 아파트로 다가갔지만, 여전히 걸음이 빨랐고 비로 씻긴 앞마당의 너비를 가늠하기라도 하듯 계단 맨 위에서 잠시 멈춰 섰다.

여자는 분명 남자애가 문을 두드리길 기다리고 있었을 것이다. 여자는 문을 아주 조금만 열고 곧바로 남자애를 집안에 들였다. 게이브리얼은 남자애를 안으로 들일 때 여자가 벌거벗은 상태임을 알아보았다. 잠시 후 위층 방에 두 개의 그림자가 나타났다. 두 그림자는 만났다가 헤어졌고 다시 하나가 되더니 그 상태로 침대를 향해 움직여 게이브리얼의 시야에서 벗어났다.

다음 주 금요일 게이브리얼은 그들이 다시 오는지 보려고 창밖을 지켜보았다. 두 사람은 각자 같은 시간대에 다시 왔다. 여자가 7시 20분에 먼저 왔고 남자애는 40분 후에 왔다. 게이브리얼은 다시 잔뜩 집중한 상태로 엿보는 자리에 서서 위층 창문 불빛이 켜졌다가 이윽고 흐릿해지는 것을 보았다. 커튼 뒤로 희미하게 보이는 남녀의 벌거벗은 형체가 의례적인 춤을 흉내 내듯 앞뒤로 움직이다가, 하나가 되었다가 떨어졌다가, 다시 한몸이 되어 움직였다.

그 금요일에 게이브리얼은 두 사람이 떠날 때까지 기다렸다. 남자애가 먼저 반쯤 열린 문으로 재빨리 빠져나와 기뻐 어쩔 줄 모르는 사람처럼 계단을 뛰다시피 내려갔다. 5분 후에 여자가 따라 나와 등 뒤로 문을 잠그고 고개를 숙인 채 아스팔트 앞마당을 쏜살같이 지나갔다.

그 후 게이브리얼은 금요일마다 그들을 지켜보았다. 작고한 부트먼 씨의 책들보다 그들이 훨씬 더 매력적이었다. 그들의 일상은 거의 달라지지 않았다. 때론 남자애가 평소보다 조금 늦게 도착했는데, 게이브리얼은 여자가 침실 커튼 뒤에 미동도 없이 서서 남자애를 기다리며 밖을 내다보는 모습을 볼 수 있었다. 게이브리얼 역시 숨을 죽이고 서서 여자의 불안하고 초조한 고통을 공유하며 남자애가 어서 오길 바랐다. 보통 남자애는 겨드랑이 밑에 병 하나를 끼고 왔는데 어느 날은 포도주 바구니에 술병을 담아 무척 조심스럽게 들고 왔다. 어쩌면 두 사람만의 기념일이나 특별한 저녁이었을지도 모른다. 여자는 언제나 식료품 바구니를 들고 왔다. 둘은 늘 침실에서 함께 식사했다.

금요일이 차례차례 지날수록 게이브리얼은 어둠 속에서서 아파트 위층 창문에 시선을 고정한 채 벌거벗은 몸들의 윤곽을 골똘히 해독하며 그들이 서로에게 무엇을 하고 있는지 그려보았다.

그들이 7주 간 만남을 이어오던 중 그 일이 벌어졌다. 게이브리얼은 그날 밤 회사 건물에 늦게 도착했다. 평소 타는 버스가 운행하지 않았고 처음 도착한 다른 버스는 만석이었다. 게이브리얼이 훔쳐보는 자리에 도착했을 때 이미 침실에 불이 켜져 있었다. 게이브리얼이 창문에 얼굴을 바짝 들이대자 유리가 뜨거운 입김에 얼룩졌다. 그래서 코트 소매로 서둘러 입김을 닦아내고 다시 보았다. 순간 게이브리얼은 침실에 두 사람의 형체가 있다고 생각했다. 그러나 틀림없이 빛의 속임수였다. 남자애가 오려면 아직 30분은 남아 있었다. 여자는 늘 그렇듯이 정시에 도착했다.

20분 후 게이브리얼은 아래층 화장실에 들어갔다. 지난 몇 주 사이 자신감이 붙어서 이제 조용히 건물을 돌아다녔고 조명은 오직 손전등뿐이었지만 낮처럼 자신 있게 움직일 수 있었다. 게이브리얼은 화장실에서 거의 10분을 보냈다. 그리고 다시 창가로 돌아왔을 때는 손목시계가 막 8시가 지났음을 알렸다. 처음에는 남자애를 놓친 줄 알았다.

그러나 아니었다. 가벼운 형체가 계단을 뛰어올라 아스팔트를 가로질러 집 앞으로 향하는 중이었다.

게이브리얼은 남자애가 문을 두드리고 문이 열리길 기다리는 모습을 지켜보았다. 그러나 문이 열리지 않았다. 여자가 나오지 않았다. 침실에 불은 켜져 있었지만 커튼 위로 움직이는 그림자가 보이지 않았다. 남자애가 다시 문을 두드렸다. 게이브리얼은 문에 닿은 남자애의 손등이 떨리는 것까지 알아볼 수 있을 것 같았다. 그는 다시 기다렸다. 이윽고 남자애가 뒤로 물러나더니 불 켜진 창문을 올려다보았다. 어쩌면 나직한 소리로 여자를 부르는 위험을 감수하는 중일지도 몰랐다. 게이브리얼에겐 아무 소리도 들리지 않았지만 기다리는 그 모습에서 긴장감이 느껴졌다.

다시 남자애가 문을 두드렸다. 역시 아무 응답이 없었다. 게이브리얼은 남자애와 함께 고통스러워하며 지켜보았고, 마침내 8시 20분이 되자 남자애가 포기하고 돌아섰다. 잠시 후 게이브리얼도 쥐가 난 팔다리를 쭉 펴고 밤거리로 돌아갔다. 바람이 세지는 중이었고 막 뜬 달이 갈라진 구름 사이에서 마구 흔들렸다. 날이 점점 추워졌다. 게이브리얼은 코트를 입지 않았고 코트가 안겨주는 안락함이 그리웠다. 매서운 바람에 맞서 어깨를 한껏 움츠린 채 이번 주가

늦은 시간 건물에 숨어드는 마지막 금요일이었음을 깨달았다. 게이브리얼에게도 그 쓸쓸한 남자애에게도 한 시절이 끝났다.

✳

게이브리얼은 그 다음 주 월요일 출근길에 조간신문에서 살인사건 기사를 처음 보았다. 게이브리얼은 아파트 사진을 단박에 알아보았지만, 문 앞에서 뭔가를 의논하는 사복형사 무리와 계단 맨 위에 선 무감한 제복 경찰관 때문인지 이상하게 낯설어 보였다.

지금까지 기사에는 별 내용이 없었다. 서른네 살 에일린 모리시 부인이라는 사람이 일요일 밤늦게 캠든 타운의 한 아파트에서 칼에 찔려 사망한 채로 발견되었다. 부모님 댁을 방문하고 일요일 늦게 돌아온 아파트 거주자 킬리 부부가 시신을 발견했다. 열두 살 쌍둥이 딸의 어머니인 죽은 여성은 킬리 부인의 친구였다. 윌리엄 홀브룩 경감이 수사 지휘를 맡았다. 죽은 여성은 성폭행을 당한 것으로 알려졌다.

게이브리얼은 평소와 다름없이 신중하고 꼼꼼하게 신문을 접었다. 물론 경찰에게 자신이 목격한 것을 말해야 할 것이다. 자신에게 아무리 불편한 일이 될지라도 무고한 남자가 고통받게 놔둘 수는 없었다. 자신의 의도를, 정의에 헌신하려는 투철한 공공심을 알기만 해도 꽤 흡족해졌다. 그날 하루 남은 시간 동안 게이브리얼은 희생에 헌신한 남자의 은밀한 만족감을 품고 서류 캐비닛 주변을 조심스럽게 움직였다.

그러나 퇴근길에 경찰서에 들르겠다는 애초 계획은 어쨌든 무로 돌아갔다. 서둘러 행동해봐야 아무 소용이 없었다. 만약 그 남자애가 체포되었다면 게이브리얼도 벌써 말했을 것이다. 그러나 남자애가 용의자인지 어쩐지 알기도 전에 자신의 명성에 해를 끼치고 직업을 위험에 빠뜨린다면 바보 같은 짓이 될 것이다. 어쩌면 경찰은 남자애의 존재조차 모를지도 모른다. 지금 목소리를 높여봐야 괜히 무고한 사람에게 혐의를 집중시키는 꼴이 될 것이다. 신중한 사람이라면 기다려야 마땅했다. 게이브리얼은 신중한 사람이 되기로 했다.

남자애는 사흘 후에 체포되었다. 또다시 게이브리얼은 조간신문을 읽고 이 사실을 알았다. 이번에는 사진도 실리지 않았고 세부사항도 별로 없었다. 이 기사는 상류사회의 사랑의 도피행각과 중대한 비행기 추락사고와 경쟁해야 했

기에 결국 1면을 장식하지 못했다. 짧은 기사에 다음처럼
간략하게만 언급되었다.

뮤스웰 힐에 거주하는 정육점 직원, 19세 데니스 존 스펠러, 지
난 금요일 캠든 타운의 한 아파트에서 칼에 찔려 사망한 열두 살
쌍둥이의 어머니 에일린 모리시 살인사건의 용의자로 오늘 기소.

이제 경찰도 사망 시간을 더 정확히 알게 되었다. 아마
게이브리얼이 그들을 봤을 때였을 것이다. 하지만 이 데니
스 스펠러라는 젊은이가 최근 게이브리얼이 금요일 밤마다
지켜봤던 그 젊은 연인이라고 어떻게 확신할 수 있을까?
그런 여자라면… 뭐, 그 여자는 남자가 많을지도 모른다.
공판이 끝날 때까지는 어떤 신문에도 피고 사진이 실리지
않을 것이다. 그러나 예심에서 정보가 더 나올 것이다. 그
때까지 기다릴 것이다. 결국, 피고인은 재판에 넘겨지지 않
을지도 모른다.
게다가 게이브리얼에게도 고려할 게 있었다. 한동안 자
신의 지위를 생각해보았다. 만약 젊은 스펠러의 목숨이 위
험해진다면 당연히 게이브리얼은 자신이 목격한 것을 말할
것이다. 그러나 그와 함께 부트먼 회사에서의 게이브리얼의

직업도 끝이라는 의미였다. 더 나쁘게는 다시는 직업을 구하지 못할지도 모른다. 모리스 부트먼 씨가 그렇게 할 것이다. 게이브리얼은 속내가 음탕하고, 남의 사생활을 은밀히 지켜보는 취미가 있으며, 외설적인 책을 한두 시간 보고 타인의 행복을 엿보기 위해 자신의 생계마저 위험에 빠뜨리는 관음증 환자라고 낙인찍힐 것이다. 모리스 부트먼 씨는 언론의 주목에 너무 화가 나서 그 일을 초래한 남자를 절대로 용서하지 않을 것이다.

그리고 나머지 회사 사람들도 비웃을 것이다. 웃기고 애처롭고 헛되다는 면에서 몇 년 동안 최고의 농담거리가 될 것이다. 현학적이고, 존경받을 만하며, 대단히 비판적인 어니스트 게이브리얼이 드디어 들통 났다! 그리고 그들은 게이브리얼이 아무리 자신을 변호한들 조금도 믿어주지 않을 것이다.

그날 밤 게이브리얼이 회사 건물에 있었던 그럴싸한 이유를 생각해낼 수만 있다면 좋을 텐데. 그러나 이유가 생각나지 않았다. 수위와 함께 퇴근하느라 무척 조심했기 때문에 늦게까지 남아서 할 일이 있었다고 말할 수도 없었다. 게다가 서류정리를 마저 하려고 늦게 회사로 돌아왔다고 말할 수도 없었다. 게이브리얼은 늘 서류를 새로 정리해두었고 그 사실을 과시하길 즐겼다. 자신의 효율성이 제 발목을 잡았다.

게다가 게이브리얼은 거짓말도 잘하지 못했다. 경찰은 꼬치꼬치 캐묻지 않고서는 게이브리얼의 이야기를 순순히 받아주지 않을 것이다. 수사에 많은 시간을 들인 후라서 게이브리얼이 뒤늦게 새로운 증거를 드러내도 별로 달가워하지 않을 것이다. 공무원의 예의로도 감춰지지 않은 혐오와 경멸을 담은 험악하게 비난하는 얼굴들에 둘러싸인 자신의 모습을 그려보았다. 사실을 확신하기도 전에 그런 시련을 자초한다면 무분별한 짓이 될 것이다.

그러나 예심 후에도 데니스 스펠러는 재판에 부쳐졌고, 똑같은 의심이 여전히 유효해 보였다. 게이브리얼은 스펠러가 자신이 목격한 그 연인임을 알았다. 의심할 여지가 전혀 없었다. 이제 검찰도 사건의 개요를 명백히 밝혔다. 검찰은 이번 사건이 치정에 의한 범죄이고 그 남자애가 헤어지자는 여자의 협박에 괴로워하던 중 질투심이나 복수심으로 살인을 저질렀다는 것을 증명하고자 할 것이었다. 피고는 그날 밤 그 아파트에 들어가지도 못했고, 문을 두드리기만 했을 뿐 그냥 돌아왔다고 몇 번이나 반복해서 진술했다. 오직 게이브리얼만이 스펠러의 주장을 뒷받침해줄 수 있었지만, 여전히 말하기엔 너무 일렀다.

게이브리얼은 공판에 가보기로 했다. 그래야 검찰 측 주장이 어느 정도 강력한지 들을 수 있을 것이다. 만약 판결이 '무죄'일 것 같으면 게이브리얼은 침묵을 지켜도 될 것이다. 만약 상황이 나쁘게 흐르면 붐비는 법정의 침묵 한가운데 벌떡 일어나 온 세상이 지켜보는 앞에서 큰 소리로 증거를 털어놓을 거라는 생각을 했고, 그것만으로도 두려운 매혹과 흥분이 느껴졌다. 심문과 비판과 악평이 뒤따를 것이다. 그러나 영광의 순간을 누릴 수도 있다.

게이브리얼은 법정에 가서 놀랐고 조금 실망했다. 정의 구현을 위한 보다 인상적이고 극적인 무대를 기대했지 이렇게 현대적이고 깨끗한 냄새가 풍기는 사무실 같은 공간을 기대하지는 않았다. 모든 게 조용하고 질서정연했다. 자리를 잡겠다고 문 앞에서 서로 거칠게 밀치는 군중도 없었다. 심지어 그리 인기 있는 재판도 아니었다.

법정 뒤쪽 좌석으로 슬그머니 들어가 앉은 게이브리얼은 처음에는 불안하게, 나중에는 조금 더 자신 있게 주위를 둘러보았다. 그러나 걱정할 필요가 없었다. 아는 사람이 하나도 없었다. 게이브리얼이 생각하기에는 눈앞에 펼쳐지는 이 드라마를 볼 자격이 거의 없는 몹시 지루한 사람들만 모여 있었다. 일부는 스펠러와 함께 일하거나 같은 거리에 사는 사람들 같았다. 전부 불편해 보였고 어딘가 예사롭지 않은 위협적인 환경에 처한 걸 깨달은 사람 특유의 살짝 교활한 분위기를 풍겼다. 검은 옷을 입은 여원 여자가 손수건에 얼굴을 묻고 조용히 울고 있었다. 누구도 여자를 눈여겨보거나 달래주지 않았다.

이따금 법정 뒤쪽의 문이 조용히 열리면서 새로운 방청객이 거의 수상쩍을 정도로 살짝 들어와 자리에 앉았다. 그럴 때면 그 열에 앉은 얼굴들이 별 관심 없이 순간적으로 그 사람을 향해 돌아갔다가 다시 피고석의 호리호리한 인물을 향해 시선을 돌렸다.

게이브리얼도 그쪽을 보았다. 처음에는 흘끗 보기만 해도 절박한 위험을 감수해야 하는 것처럼 스치듯 보았다가 얼른 외면했다. 피고가 게이브리얼과 눈을 마주치고서는 어떻게든 자신을 구해줄 남자가 여기 와 있음을 알고 절박한 호소의 눈빛을 보낼 거라곤 상상할 수도 없었다. 하지만 두세 번 위험을 무릅쓰고 그쪽을 보았을 때 게이브리얼은 두려워할 게 전혀 없음을 깨달았다. 저 고독한 인물은 누구도 보고 있지 않았고 자신을 제외하곤 어느 누구도 신경 쓰지 않았다. 스펠러는 그저 당황하고 겁에 질린 남자애였다.

남자애의 눈은 안쪽을, 자신만의 지옥을 향해 있었다. 스펠러는 희망도 싸울 의지도 없이 덫에 걸린 짐승 같았다.

판사는 통통하고 붉은 얼굴이었고 법복의 목깃 깊숙이 턱을 묻고 있었다. 손이 작았는데, 뭔가 기록할 때를 제외하면 그 작은 손을 책상에 올려두었다. 판사가 뭔가를 기록할 때면 변호사는 '존경하는 재판장님'을 재촉하지 않으려고 애쓰는 것처럼 잠시 말을 그쳤다가 그다지 영리하지 않은 아이에게 찬찬히 설명하는 걱정스러운 아버지처럼 판사를 보며 더 천천히 말을 이어가곤 했다.

그러나 게이브리얼은 권력이 누구 손에 있는지 알았다. 기도하는 아이를 흉내 내듯 책상 위에 포개진 판사의 토실토실한 손이 한 남자의 목숨을 움켜쥐고 있었다. 벽에 조각된 법원 문장 아래 주홍색 장식띠를 두르고 높이 앉은 저 인물보다 더 힘이 센 사람은 법정 안에 단 한 명밖에 없었다. 바로 게이브리얼이었다. 그것을 깨닫자 자기도취적이면서 동시에 만족스러운 기쁨이 솟구쳤다. 게이브리얼은 자못 기쁘게 그 사실을 끌어안았다. 이 새로운 감각은 가공할 만큼 달콤했다.

게이브리얼은 엄숙하게 지켜보는 얼굴들을 둘러보며 만약 벌떡 일어나 자신이 아는 사실을 큰 소리로 말한다면 그 얼굴들이 어떻게 바뀔지 궁금했다. 게이브리얼은 단호하게, 자신 있게 말할 것이다. 그들은 게이브리얼을 겁주지 못할 것이다. 게이브리얼은 이렇게 말할 것이다.

"존경하는 재판장님, 피고는 무죄입니다. 저 남자는 문을 두드렸지만, 그냥 가버렸습니다. 저, 게이브리얼이 그 모습을 봤습니다."

그러면 어떻게 될까? 예측할 수 없었다. 판사가 재판을 중단하고 휴정을 선언한 다음 판사실로 가서 게이브리얼의 증언을 사적으로 들어줄까? 아니면 게이브리얼을 호출해 증인석에 서게 할까? 한 가지는 확실했다. 큰 소동이나 집단 히스테리는 없을 것이다.

하지만 판사가 게이브리얼에게 법정에서 나가라고 명령한다면? 판사가 너무 놀라 게이브리얼의 말을 받아들이지 않는다면? 게이브리얼은 판사가 짜증스럽게 몸을 앞으로 숙이고 귀에 손을 가져가 댄 동안 재판정 뒤쪽 경찰이 위반자를 끌어내려고 조용히 앞으로 나오는 모습을 그려볼 수 있었다. 확실히 사법 재판 자체가 학문적 의례처럼 보이는 이 조용한 무균성 분위기에서 진실의 목소리는 단지 저속한 침해에 불과할 것이다. 누구도 게이브리얼의 말을 믿어주지 않을 것이다. 누구도 귀 기울이지 않을 것이다. 그들은 자신들만의 드라마를 끝까지 연기할 수 있도록 이 정교한 무대를 설정해두었다. 이제 와서 게이브리얼이 무대를 망친다면 전혀 고마워하지 않을 것이다. 말할 시간은 이미 지나갔다.

만에 하나 게이브리얼의 말을 믿어줄지라도 지금 앞으로 나선 공은 인정받지 못할 것이다. 너무 늦게까지 손을 놓고 있었다고, 무고한 한 남자를 교수대에 이토록 가까이 다가가게 놔두었다고 비난을 받을 것이다. 물론 스펠러가 무죄라면 말이다. 하지만 누가 그렇다고 말할 수 있겠는가? 사람들은 스펠러는 문을 두드렸다가 그냥 가버렸을지 몰라도 나중에 다시 돌아와 살해할 기회를 잡았을 거라고 말할 터이다. 게이브리얼은 그것까지 볼 수 있게 창가에서 기다리지는 않았다. 그러므로 게이브리얼의 희생은 아무런 소용이 없을 것이다.

게다가 사무실 사람들의 비웃는 소리가 들리는 것만 같았다.

"사태를 이 지경까지 미뤄둔 늙은이 게이브리얼을 믿으라고? 그 빌어먹을 겁쟁이를? 최근에는 어떤 외설적인 책을 읽으셨나, 대천사 양반?"

게이브리얼은 사람들의 주목을 받으며 서서 위로의 말을 건네받는 일도 없이 부트먼 회사에서 해고당할 것이다.

오, 어쩌면 신문 1면을 장식할지도 모른다. 기사 제목도 상상할 수 있다.

"런던 중앙형사법원의 토로. 한 남성이 피고의 알리바이를 확보하다."

다만, 그것은 알리바이가 아니었다. 게이브리얼의 주장이 무엇을 입증할 수 있을까? 게이브리얼은 공공질서 방해자로 여겨질 것이고 심한 겁쟁이라 더 일찍 경찰서를 찾아가지 못한 애처로운 관음증 환자로 취급될 것이다. 그리고 데니스 스펠러는 여전히 교수형을 받을 것이다.

유혹의 순간이 지나가고 자신이 절대 함구할 것을 확신하게 되자 게이브리얼은 상황을 즐기기에 이르렀다. 어차피 영국의 사법제도가 실행되는 모습을 지켜볼 기회는 매일 찾아오는 일이 아니었다. 게이브리얼은 귀 기울여 듣고, 기록하고, 이해했다. 이번 재판은 검찰이 밝혀내는 어마어마한 사건이었다. 게이브리얼은 담당 검사를 인정했다. 높은 이마에 부리 같은 코, 뼈가 드러난 앙상하고 영리한 얼굴을 한 검사는 판사보다 훨씬 더 위엄 있어 보였다. 저명한 법률가가 보여야 할 모습이었다. 검사는 별 열정 없이, 거의 흥미도 없이 주장을 펼쳤다. 그러나 게이브리얼은 그게 바로 법률이 작동하는 방식임을 알았다. 검사의 의무는 유죄판결이 아니었다. 검사의 일은 형사 법정 사건을 정확하고 공정하게 진술하는 것이었다.

검사가 증인을 불렀다. 아파트 거주자 중 아내 쪽인 브렌다 킬리 부인이었다. 게이브리얼이 본 적이 있는지 모르지만, 여자는 금발에 옷을 말쑥하게 차려입은 일반적인 매춘부처럼 보였다. 아, 저런 유형을 아주 잘 안다. 게이브리얼의 어머니라면 저 여자에 관해 뭐라고 말했을지 짐작할 수도 있다. 여자가 무엇에 관심이 있는지 누구나 알 수 있다. 또 여자의 외모로 보아 여자는 그 일을 규칙적으로 하고 있다. 결혼식에 한껏 꾸미고 가는 사람. 헤픈 여자였다, 본 적이 있는지는 모르지만.

여자가 손수건에 대고 코를 훌쩍이며 아주 낮은 소리로 검사의 질문에 대답하자 판사가 여자에게 목소리를 높여달라고 요청했다. 그랬다, 여자는 금요일 밤마다 에일린 모리시에게 아파트를 빌려주었다고 인정했다. 여자와 남편은 금요일마다 사우스엔드의 시가를 방문했다. 늘 남편이 가게 문을 닫자마자 출발했다. 그러나 남편은 그런 약속을 몰랐다. 여자는 남편과 상의 없이 에일린에게 여벌 열쇠를 주었다. 여자가 알기로 다른 여벌 열쇠는 없었다. 굳이 왜 그랬겠는가? 킬리 부인은 에일린이 안됐다고 여겼다. 에일런 이 킬리 부인의 마음을 압박했다. 킬리 부인은 모리시 부부가 오래 함께 살지 못할 거라고 생각했다.

이때 판사가 조용히 끼어들더니 증인은 검사의 질문에 정직하게 대답해야 한다고 말했다. 그러자 여자가 판사에게 말했다.

"저는 그저 에일린을 도와주려고 했을 뿐입니다. 재판장님."

그리고 편지가 있었다. 편지가 증인석에 서서 코를 훌쩍이는 여자에게 전달되자 여자는 에일린이 자신에게 쓴 편지라고 확인했다. 법원 서기가 편지를 천천히 회수하고 위엄 있게 검사에게 전달하자 검사가 큰 소리로 편지를 읽기 시작했다.

브라이언에게

자기, 우린 금요일에 아파트를 써야겠어. 자기와 테드가 금요일 일정을 바꿀지 몰라서 미리 알려주는 게 좋을 것 같아. 하지만 이번이 틀림없이 마지막이 될 거야. 에드워드가 의심하기 시작했고 나도 우리 애들을 생각해야 하니까. 언젠가는 이 일도 끝날 것을 처음부터 알고 있었어. 친구가 되어줘서 정말 고마워.

에일린.

신중한 상류층 말투의 목소리가 그쳤다. 검사가 배심원 단을 바라보며 천천히 편지를 내려놓았다. 판사가 고개를 숙이더니 또 뭔가를 기록했다. 순간 법정에 침묵이 드리웠다. 이윽고 증인이 물러났다.

이렇게 재판이 계속되었다. 몰튼 스트리트 끝에 있는 신문판매원이 스펠러가 8시 직전에 〈이브닝 스탠다드〉를 샀다고 기억했다. 피고인은 겨드랑이 밑에 술병 하나를 끼고 있었고 아주 즐거워 보였다고 했다. 신문판매원은 그 손님이 피고인이라고 확신했다.

몰튼 뮤스와 하이스트리트 교차로에 있는 술집 '라이징 선'의 안주인이 8시 30분 직전 피고에게 위스키 한 잔을 가져다주었다고 증언했다. 스펠러는 오래 머무르지는 않았다. 술 한 잔을 다 마실 만한 시간 정도였다. 그리고 몹시 동요한 것처럼 보였다. 그렇다, 여자는 그 사람이 피고임을 꽤 확신했다. 여자의 증거를 뒷받침해줄 손님들이 많았다. 게이브리얼은 검사가 왜 굳이 그들을 불렀을까 궁금했다가 스펠러가 라이징 선 술집에 들른 걸 부인했고, 당시 술이 필요한 상태였다는 것 역시 부인했기 때문임을 깨달았다.

이어서 부동산 중개소 직원이라고 소개된 에일린의 남편 에드워드 모리시가 나왔다. 모리시는 야윈 얼굴에 입술

을 굳게 다물고 질 좋은 푸른색 서지 모직 정장을 입고 꼿
꼿이 서 있었다. 모리시는 결혼생활이 행복했으며, 자신은
아무것도 몰랐고, 어떤 의심도 하지 않았다고 증언했다. 자
신의 아내는 금요일 저녁마다 저녁 강좌에서 도예를 배운
다고도 했다. 법정에 킥킥 소리가 들렸다. 판사가 얼굴을
찌푸렸다.

검사의 질문에 대한 대답으로 모리시는 아이들을 돌보
기 위해 집에 있었다고 말했다. 아이들은 밤에 혼자 놔두기
엔 아직은 조금 어렸다. 그렇다, 모리시는 아내가 살해당한
밤에 집에 있었다. 아내의 죽음은 모리시에게 커다란 슬픔
이었다. 아내와 피고인과의 간통은 끔찍한 충격으로 다가
왔다. 모리시는 '간통'이라는 단어를 마치 혀가 씁쓸한 것처
럼 분노어린 경멸을 담아 발음했다. 그리고 진술 내내 피고
쪽을 한 번도 쳐다보지 않았다.

의학적인 증거가 나왔다. 증거는 추악하고 명료했지만
다행히 임상적이고 간략했다. 고인은 강간당한 다음 경정
맥을 세 차례 찔렸다. 피고가 일하는 정육점 주인의 증언도
있었는데, 가게의 고기 꼬챙이가 사라졌다는 애매하고 입
증이 불완전한 말을 했다. 피고의 집주인이 나와 피고가 살
인사건 당일 밤에 괴로워 하는 상태로 집에 돌아왔고 다음

날 아침에는 출근하러 일어나지도 못했다고 증언했다. 어떤 이야기들은 근거가 빈약했다. 정육점 주인의 증언처럼 어떤 말들은 검사의 눈으로 봐도 명백하게 무게감이 적었다. 그러나 그 모든 이야기가 하나로 얽혀 한 사람의 목을 매달 정도로 튼튼한 밧줄이 되었다.

변호사는 최선을 다했지만, 자신이 패배할 운명임을 아는 사람의 절박한 분위기를 풍겼다. 변호사는 스펠러가 점잖고 친절한 청년이고, 관대한 친구이며, 좋은 아들이자 형제임을 증언할 증인들을 불렀다. 배심원단은 그들의 말을 믿었다. 배심원단은 또한 스펠러가 정부를 죽였다고도 믿었다. 변호사가 피고인을 불렀다. 스펠러는 설득력도 없고 표현도 부정확한 허술한 증인이었다. 만약 저 남자애가 죽은 여자를 향한 일말의 동정심이라도 보여주었다면 도움이 될 수도 있었을 거라고 게이브리얼은 생각했다. 그러나 피고는 자신의 위험에 너무 몰두해 있어서 다른 사람을 생각할 여유가 없었다. 온전한 두려움이 사랑을 내쫓나니[*], 게이브리얼은 생각했다. 게이브리얼은 그 경구가 만족스러웠다.

판사는 양심적으로 공명정대하게 사건을 요약했고 배심

* 〈요한일서〉 4장 18절 '온전한 사랑이 두려움을 내쫓나니'를 비튼 문장

원단에게 정황 증거의 본질과 가치를 상세히 설명하며 '합리적 의심'이라는 표현을 해석해주었다. 배심원단은 존경을 담아 판사의 말을 경청했다. 저 열두 쌍의 주의 깊은 익명의 눈초리 뒤에서 무슨 일이 벌어지고 있는지 추측할 수는 없었다. 그러나 그들은 그리 오래 나가 있지 않았다.

휴정한 지 40분도 안 되어 배심원단이 돌아왔다. 피고는 다시 피고석에 나타났고 판사가 공식 질문을 던졌다. 배심원 대표가 예상했던 대답을 큰 소리로 뚜렷하게 던졌다.

"유죄입니다, 재판장님."

아무도 놀란 것 같지 않았다.

판사는 피고에게 자신을 사랑했던 여자를 끔찍하고 무정하게 살해한 죄가 인정되었다고 설명했다. 피고는 긴장으로 하얗게 질린 얼굴을 하고서는 판사의 말을 절반밖에 못 알아들은 사람처럼 동요하는 눈빛으로 판사를 응시했다. 형이 선고되었는데, 법관다운 부드러운 말투로 내뱉는 선고는 곱절로 끔찍하게 들렸다.

게이브리얼은 호기심을 품고 블랙캡*을 찾아보았지만, 판사 가발 위에 엉뚱하게 올라앉은 네모난 검은 물질일 뿐

---

* 영국 재판에서 판사가 사형선고를 내릴 때 가발 위에 쓰는 네모난 검은 천

임을 알아보고 놀라면서도 약간 실망했다. 판사가 배심원단에게 감사를 표했다. 판사는 바쁜 하루를 마무리하며 책상을 정리하는 사업가처럼 노트를 챙겨 들었다. 법정 안의 사람들이 일어났다. 피고는 피고인석에서 내려갔다. 재판은 끝났다.

그 공판은 사무실에서 약간의 논쟁을 일으켰다. 아무도 게이브리얼이 공판에 참석했다는 사실을 몰랐다. '개인 사유'로 낸 하루 휴가는 이전의 결근처럼 별 관심 없이 받아들여졌다. 게이브리얼은 무척 외톨이였고 너무 인기가 없어서 수군거리는 사무실 사람들 사이에 끼지 못했다. 줄줄이 늘어선 서류 캐비닛으로 단절된, 먼지가 날리고 조명도 어둑한 사무실에서 게이브리얼은 사람들이 애매하게 싫어하는, 혹은 기껏해야 동정심으로 참아주는 대상이었다. 문서 정리실은 한 번도 편안한 사무실 수다의 중심이 된 적이 없었다. 그러나 게이브리얼은 회사 직원 한 사람의 의견을 분명히 들었다.

공판 다음 날 부트먼 씨가 손에 신문을 들고 게이브리얼이 아침 우편물을 분류하는 사이 주 사무실로 들어온 것이다.

"우리 지역의 작은 골칫거리를 처리했다는 기사를 봤어."

부트먼 씨가 말했다.

"이 친구 분명 교수형을 받겠군. 역시, 잘 됐어. 불륜과 일반적인 우둔함에 관한 평범하게 추악한 이야기였던 것 같아. 아주 흔한 살인사건이지."

아무도 대꾸하지 않았다. 직원들은 말없이 서 있다가 곧 각자 생활 전선으로 흩어졌다. 아마 그들도 더는 할 말이 없다고 느꼈을 것이다.

재판이 끝난 직후 게이브리얼은 꿈을 꾸기 시작했다. 일주일에 대략 세 번 정도 꾸는 꿈은 언제나 똑같았다. 게이브리얼은 핏빛으로 붉은 태양 아래 머나먼 요새에 도착하려고 사막을 건너는 중이었다. 때론 요새가 뚜렷하게 보였지만 아무리 걸어도 가까워지지 않았다. 사람들이 가득한 요새 안쪽 광장에 검은 옷을 입은 군중이 말없이 한가운데 단상을 향해 얼굴을 돌리고 있었다. 단상에 교수대가 있었다. 이상하리만큼 우아한 구조물로 양쪽에 견고한 기둥이 있고 올가미가 달린 가로장은 정교하게 조각되어 있었다.

교수대와 마찬가지로 군중 역시 이 시대 사람들이 아니었다. 빅토리아 시대 사람들로 여자들은 숄과 보닛을 썼고 남자들은 실크해트나 챙이 좁은 중산모를 썼다. 과부용 베일 아래 야윈 얼굴이 도드라진 게이브리얼의 어머니도 보였다.

어머니가 갑자기 울기 시작했는데, 그러자 그 얼굴이 재판정에서 흐느껴 울던 여자의 얼굴로 변했다. 게이브리얼은 절박하게 어머니를 향해 손을 뻗어서 달래주고 싶었다. 그러나 걸어도 걸어도 점점 모래 깊숙이 가라앉을 뿐이었다.

이제 단상에 사람들이 보였다. 실크해트를 쓰고 프록코트를 입고 구레나룻을 기른 엄숙한 얼굴의 남자는 분명 교도소장일 것이다. 복장은 빅토리아 시대 신사복이었지만 풍성한 턱수염 아래 얼굴은 부트먼 씨였다. 그 옆에 사제복을 입고 띠를 두른 사제가 서 있고 맞은편에는 검은 재킷의 단추를 목까지 채운 교도관 두 명이 있었다.

올가미 아래 죄수가 섰다. 죄수는 반바지와 타이 없는 셔츠를 입었는데 목이 여자 목처럼 희고 섬세했다. 다른 목이었을지도 모르지만 어쨌든 가녀리게 보였다. 죄수가 사막 건너 게이브리얼을 보고 있었는데 간절한 호소의 눈빛이 아니라 커다란 슬픔의 눈빛이었다. 그리고 게이브리얼은 이번에는 남자애를 구해야 한다는 것을, 반드시 제시간에 도착해야 한다는 것을 알았다.

하지만 모래가 자꾸 욱신거리는 발목을 잡아끌었고, 지금 간다고 외쳐봐도 용광로 불길처럼 몹시 건조한 목구멍에서 올라오는 말들을 바람이 갈가리 찢어버렸다. 거의 절반으로 접힌 게이브리얼의 등은 태양 빛에 그을려 물집이 잡혔다. 게이브리얼은 외투를 입고 있지 않았다. 어쩐지 이 해할 수 없는 이유로 외투를 잃어버렸는데, 그 외투가 어떻 게 되었는지 기억해내야 한다고 걱정했다.

게이브리얼이 모래 늪을 허우적거리며 앞으로 비틀비틀 걸어가는 동안 뜨거운 아지랑이 사이로 희미하게 빛나는 요 새가 보였다. 잠시 후 요새가 뒤로 물러나며 점점 희미해지 더니 마침내 머나먼 모래언덕 사이의 흐릿한 얼룩으로 변해 버렸다. 광장에서 절망적인 절규 소리가 들렸다. 그리고 잠 에서 깨어나며 그 절규는 자신의 소리였고 이마에 느껴지는 축축한 열기는 피가 아니라 땀이었음을 깨달았다.

비교석 정신이 말짱한 아침에 게이브리얼은 꿈을 분석해 보고 꿈에서 본 장면은 언젠가 고서점 진열창에서 본 빅토 리아 시대 신문 속 삽화였음을 깨달았다. 기억하기로 그 신 문 삽화는 붉은 헛간에서 마리아 마튼을 살해한 죄로 윌리엄 코더를 처형하는 장면이었다.* 기억이 나자 안심이 들었다.

---

* 붉은 헛간 살인사건(Red Barn Murder)은 1827년 영국 서퍽에서 마리아 마튼이라는 젊은 여성이 동반 도주하기로 약속한 연인 윌리엄 코더에게 살해 당했다가 뒤늦게 시신으로 발견된 사건이다. 당시 재판은 영국 전역의 비상한 관심을 끌었고 1828년 윌리엄 코더의 교수형에는 수많은 군중이 운집했으며 여러 신문에 기사로 실렸다.

적어도 게이브리얼은 여전히 생생한 제정신의 세계에 닿아 있었다.

그러나 중압감이 게이브리얼을 우울하게 만드는 게 분명했다. 이제 게이브리얼 자신의 문제를 염두에 둘 때였다. 게이브리얼은 언제나 머리가 좋았다. 자기 직업을 수행하기엔 지나치게 좋았다. 그래서 다른 직원들이 게이브리얼을 원망하기도 했다. 이제 그 좋은 머리를 쓸 때였다. 자신은 정확히 무엇을 걱정하는가? 한 여자가 살해당했다. 그것은 누구의 잘못인가? 그 책임을 나눠 가진 사람이 많지 않았던가?

우선 그 금발의 헤픈 여자가 두 사람에게 아파트를 빌려주었다. 피해자의 남편 역시 너무 쉽게 속았다. 그 남자애는 여자를 꾀어내 남편과 아이들을 향한 의무로부터 멀어지게 했다. 피해자 자신에게도 특별히 책임이 있었다. 죄의 대가는 죽음이다. 뭐, 여자는 이제 대가를 치렀다. 여자는 한 남자로 만족하지 못했다.

게이브리얼은 다시 침실 커튼 뒤로 보이던 희미한 그림자를, 여자가 두 팔을 치켜들고 스펠러의 머리를 제 가슴으로 끌어당기던 모습을 떠올렸다. 추잡해. 역겨워. 더러워. 온갖 형용사들이 게이브리얼의 마음을 더럽혔다. 뭐, 여자와 연인은 재미를 보았다. 두 사람 모두 그 대가를 치러야 옳았다. 게이브리얼과는 상관이 없었다. 그 위쪽 창문에서 그들을 보았던 건 오직 우연이었을 뿐이고 스펠러가 문을 두드렸다가 그냥 가버린 것을 보았던 일도 오직 우연일 뿐이었다.

정의는 이루어졌다. 게이브리얼은 이 일의 장엄함을, 그 본질적 당위의 아름다움을 스펠러의 재판정에서 감지했다. 그리고 게이브리얼은 그 일의 일부였다. 지금 게이브리얼이 사실을 말한다면 간통을 저지른 자가 풀려날지도 모른다. 게이브리얼의 임무는 분명했다. 말하고자 하는 유혹은 영영 사라졌다.

스펠러의 처형일 아침에 게이브리얼은 바로 이런 기분으로 감옥 바깥에 모인 소규모의 말 없는 군중 사이에 서 있었다. 8시를 알리는 종이 처음 울렸을 때 게이브리얼은 거기 모인 다른 남자들처럼 모자를 벗었다. 감옥 담장 위로 높이 보이는 하늘을 올려다보며 다시금 자신의 권위와 권력을 향한 따스한 기쁨이 솟구치는 것을 느꼈다. 저기 감옥 안쪽의 이름 모를 사형집행인이 끔찍한 솜씨를 발휘하고 있는 것은 게이브리얼의 대리요, 게이브리얼의 명령이었다.

＊

　그러나 그것도 16년 전의 일이었다. 재판 넉 달 후 회사는 확장과 더 나은 주소지의 필요성을 인식하고 캠든 타운을 떠나 런던 북부로 옮겨갔다. 게이브리얼도 함께 이사했다. 게이브리얼은 옛 회사 건물을 기억하는 몇 안 되는 직원이었다. 요즘 직원들은 아주 빨리 왔다 갔다. 그들은 직업에 대한 충성심이 없었다.

　게이브리얼은 연말에 퇴직했고 이제 옛 캠든 타운 시절의 직원은 모리스 부트먼 씨와 수위뿐이었다. 16년이었다. 게이브리얼은 16년간 같은 직업을 가지고, 같은 원룸에 살며, 내내 직원들이 반쯤 참아주는 혐오의 대상이었다. 그러나 그에게도 권력의 순간이 있었다. 게이브리얼은 이제 벽지가 다 벗겨지고 나무판자도 얼룩진 몹시 지저분한 작은 응접실을 둘러보며 그때를 떠올렸다. 이곳은 16년 전과 달라 보였다.

　게이브리얼은 소파가 놓였던 자리를, 바로 여자가 죽은 장소를 기억했다. 다른 것들도 모두 기억했다. 아스팔트 앞마당을 가로지르는 동안 심장이 방망이질 치던 것을, 재빠른 노크를, 반쯤 열린 문으로 몸을 들이밀자 여자가 자신의 연인이 아님을 깨달았던 일을, 움츠린 채 응접실로 돌아가던 벌거벗은 몸을, 팽팽히 긴장한 하얀 목을, 부드러운 고무에 구멍을 뚫을 때처럼 매끄럽게 찌르고 들어갔던 게이브리얼의 서류철 돗바늘을. 강철은 그토록 쉽고 그토록 달콤하게 들어갔었다.

또 게이브리얼이 여자에게 저지른 다른 일도 있었다. 그러나 그 일은 기억하지 않는 편이 나았다. 그러고 나서 게이브리얼은 돗바늘을 사무실로 가져가 핏자국이 남지 않을 때까지 화장실 수도꼭지 밑에 놔두었다. 그리고 그것을 자신의 책상 서랍에 여섯 개의 똑같은 다른 돗바늘과 함께 다시 놔두었다. 아무리 봐도 다른 것들과 더는 구별할 수가 없었다.

모든 게 그토록 쉬웠다. 유일한 흔적은 게이브리얼이 여자의 몸에서 돗바늘을 뺄 때 오른쪽 소매에 튄 핏자국이었다. 그리고 게이브리얼은 그 코트를 회사 용광로에 태워버렸다. 코트를 던져넣을 때 얼굴에 확 끼쳐오던 열기와 모래처럼 발밑에 차오르던 재가 아직도 기억났다.

이제 게이브리얼에게 남은 건 아파트 열쇠 말곤 없었다. 게이브리얼은 응접실 테이블 위에서 열쇠를 보고 가지고 나왔었다. 게이브리얼은 주머니에서 그 열쇠를 꺼내 부동산 중개소에서 받은 열쇠와 손바닥 위에 나란히 놓고 비교해 보았다. 그렇다, 두 열쇠는 똑같았다. 사람들이 또 다른 열쇠를 복사했겠지만, 자물쇠를 바꾼 사람은 없었다.

게이브리얼은 열쇠를 물끄러미 바라보며 자신이 판사와 사형집행인 역할을 모두 맡았던 그 몇 주간의 흥분을 떠올려보았다. 그러나 아무 느낌도 나지 않았다. 전부 너무 오래된 일이었다. 당시 게이브리얼은 50세였고 이제 66세가 되었다. 감정을 느끼기엔 너무 나이가 들었다. 잠시 후 게이브리얼은 부트먼 씨의 말을 떠올렸다. 결국, 아주 흔한 살인사건일 뿐이었다.

✳

월요일 아침 부동산 중개소 직원이 우편함에서 편지를 꺼내다가 지배인에게 외쳤다.

"어머나, 재미있어라! 캠든 타운 아파트 열쇠를 가져갔던 그 노인이 다른 열쇠를 가져다놨어요. 이 열쇠엔 우리 사무실 이름표가 붙어 있지 않아요. 그 사람이 일부러 벗겨낸 게 아니라면요. 뻔뻔하기도 해라! 하지만 굳이 그럴 이유가 없잖아요?"

직원이 지배인 책상에 열쇠를 내밀고 그 앞에 우편물 더미를 내려놓았다. 지배인은 심상하게 열쇠를 힐끗 보았다.

"그 집 열쇠 맞아요. 우리가 가진 열쇠 중 이런 종류는 단 하나예요. 아마 이름표는 헐거워져서 떨어졌나 보죠. 이름표를 더 꼼꼼하게 붙였어야죠."

"하지만 그렇게 했어요!"

직원이 울컥해 항의했다. 지배인이 움찔했다.

"그럼 이름표를 다시 붙이고 열쇠 걸이에 걸어둬요. 그리고 제발 이런 일로 야단 좀 피우지 말아요. 그래야 착한 직원이죠."

직원은 따질 준비를 하고 지배인을 다시 보았다. 그러나 그냥 어깨를 으쓱하고 말았다. 생각해보면 지배인은 그 캠든 타운 아파트 일이라면 언제나 좀 이상하게 굴었다.

"알겠어요, 모리시 씨."

직원이 말했다.

박스데일의 유산

THE BOXDALE
INHERITANCE

"있잖나, 애덤."

성당 참사회원은 총경 애덤 달글리시와 함께 사제관 느릅나무 아래를 걷다가 가만히 말했다.

"그 유산이 우리에게 아무리 유용하다 해도, 만약 앨리 종조모가 그릇된 수단으로 그 재산을 획득했다면 나로선 그 돈을 받는 게 행복하지 않을 거야."

참사회원의 말은 앨리 종조모가 67년 전 그 돈을 손에 넣기 위해 나이 많은 남편을 비소로 독살했다면, 자신과 아내는 5만 파운드 재산을 상속받아도 행복하지 않을 거라는 뜻이었다. 앨리 종조모는 기소되었지만 1902년 햄프셔 주

민들 사이에 커다란 대중적 관심을 불러일으켰던 에드워드
7세 대관식과 경쟁했던 재판에서 무혐의로 풀려났기 때문
에 참사회원이 일말의 가책을 느끼는 것도 영 터무니없는
생각은 아니었다. 물론 5만 파운드라는 거금을 받게 될지
도 모르는 사람들은 대부분, 일단 영국 법정이 판결을 내렸
다면 그 문제의 최종 진실은 최종적으로 확립되었다고 생
각하는 일반적인 관습을 기꺼이 받아들일 것이라고 달글리
시는 생각했다. 내세에 더 높은 상급 법원이 존재할지는 모
르지만, 이 세계에는 없었다. 그리고 허버트 박스데일 역시
평소였다면 그렇게 믿었을 것이다. 그러나 예상하지 못했
던 재산이 생길 전망에 맞닥뜨리자 허버트의 양심이 괴로
워졌다. 온화하지만 완고한 참사회원의 목소리가 계속 이
어졌다.

"더럽혀진 돈을 받는 일에 관한 도덕적 원칙과 별도로
일단 우리가 행복하지 못할 거야. 난 평화를 찾아 유럽을
정처 없이 떠돌아다녔던 그 가엾은 여인을 종종 생각해. 그
외로웠을 삶과 불행했을 죽음을 말이야."

달글리시는 앨리 종조모가 수행원단과 늘 바뀌는 연인,
그리고 일반적인 추종자들을 거느리고 호화로운 리비에라
호텔에서 다음 호텔로 옮겨 다니며 기분에 따라 파리나 로

마에 머물렀던 예측 가능한 행보를 떠올렸다. 안락과 오락을 찾는 그 질서정연한 프로그램을 노부인이 정처 없이 유럽을 떠돌아다녔다거나 평화를 찾아다녔다고 표현할 수도 있을지 그로선 확신이 서지 않았다. 달글리시가 기억하기로 앨리 종조모는 여든여덟 번째 생일을 축하하며 어느 백만장자가 베푼 다소 열광적인 파티 도중 백만장자의 요트에서 바다로 떨어져 죽었다. 참사회원의 기준으로 그리 교훈적인 죽음은 아니었겠지만, 달글리시는 사실 앨리 종조모가 당시 불행했던 게 아니었을까 생각했다. 앨리 종조모가(그녀를 다른 이름으로 생각하기란 불가능했다) 일관된 생각을 할 수 있는 상태였다면 아마 떠나기에 아주 좋은 방법이라고 선언했을 것이다.

그러나 지금 동행에게는 이런 자신의 견해를 편안하게 제안할 수가 없었다.

참사회원 허버트 박스데일은 애덤 달글리시 총경의 대부였다. 달글리시의 아버지는 허버트와 옥스퍼드 동기이자 평생 친구였다. 허버트는 존경할 만한 대부로 애정이 가득하고 비판적이지 않으며 진심을 담은 관심을 주었다. 달글리시가 어렸을 때 허버트는 언제나 생일을 챙겨주었고 어린 소년의 관심사와 소망을 깊이 헤아렸다.

달글리시는 허버트를 아주 좋아했고 개인적으로 아는 사람 중 진정 선량한 몇 안 되는 사람으로 생각했다. 온화함과 겸손, 비세속적인 성정이 성공은 고사하고 생존에도 별 도움이 되지 않는 이 육식성 세계에서 참사회원이 일흔한 살까지 살아왔다는 사실이 놀라울 따름이었다. 그러나 어떤 면에서 보면 이러한 선량함이 허버트를 지켜주었다. 그토록 명징한 순수를 마주하면 허버트를 이용하는 사람들조차, 그런 사람들이 적지 않았는데, 살짝 모자란 사람에게 보여줄 만한 어떤 보호와 연민을 베풀었다.

"딱한 분 같으니라고."

허버트의 파출부는 5시간 일하고 6시간만큼의 보수를 착복하고는 냉장고에서 달걀 두 개까지 꺼내 챙기면서 이렇게 말하곤 했다.

"저분은 혼자 밖에 내보내면 안 된다니까요."

약간 건방지고 젊었던 경장 시절의 달글리시는 참사회원이 파출부의 시급과 달걀에 대해 완벽히 잘 알고 있었지만, 자식이 다섯이나 되고 남편이 게으른 코프손 부인이 자신보다 그것들 둘 다를 더 절실하게 필요로 한다고 생각해 모른 척했다는 사실을 깨닫고 깜짝 놀란 적이 있었다. 허버트는 또 파출부에게 5시간 치의 보수만 주기 시작하면 부인은 즉시 4시간만 일하고 달걀을 두 알 더 빼 갈 것이며, 이토록 소소한 부정직은 부인의 자존심을 위해서라도 어느 정도 필요하다는 것까지 알았다. 허버트는 선량했다. 그러나 바보는 아니었다.

허버트와 아내는 물론 가난했다. 그러나 그들은 불행하지 않았다. 정말이지 불행은 참사회원에게 붙일 수 없는 단어였다. 1939년 전쟁에서 두 아들이 죽은 일은 허버트를 슬프게 했지만 파괴하지는 못했다. 하지만 허버트에게도 걱정이 있었다. 허버트의 아내는 파종성 경화증을 앓았고 병을 관리하기가 점점 어려워지고 있음을 발견했다. 아내에겐 요양과 의료기구들이 필요할 것이다. 허버트는 이제 뒤늦은 은퇴를 앞두고 있고 연금은 보잘것없을 것이다. 5만 파운드 유산을 받는다면 두 사람은 남은 평생 안락한 삶을 살 수 있게 되고 그들이 키우는 수많은 장애견들에게 더 많은 일을 해주는 즐거움도 생길 거라고 달글리시는 믿어 의심치 않았다. 달글리시의 생각에 참사회원은 정말이지 소박한 재산을 받을 후보자의 자격이 거의 당혹스러울 정도로 충분했다. 어쩌자고 이 늙은 바보는 그냥 현금을 받고 걱정을 멈출 수는 없는 걸까? 그래서 달글리시는 교묘하게 말했다.

"아시다시피 앨리 종조모는 영국 배심원단에 의해 무죄가 확정되었습니다. 그리고 이 모든 일이 거의 70년 전에 일어났고요. 그냥 그 판결을 받아들이시는 게 어떨까요?"

그러나 참사회원의 양심적인 마음에는 그토록 교활한 암시가 전혀 통하지 않았다. 달글리시는 이미 어렸을 때 허버트 아저씨의 양심에 관해 깨달은 것들을 기억했어야 했다고 생각했다. 허버트 아저씨는 다른 사람들과 달리 뭔가 방법이 잘못된 일이 귀에 들어갔을 때 그 말을 들은 적이 없거나 들리지 않은 척한 적이 단 한 번도 없었다는 사실이 경고의 종소리가 되어 울렸다.

"아, 그분이 살아 있는 동안은 나도 그렇게 생각했지. 할아버지가 돌아가신 후 앨리 종조모를 만난 적이 없어. 그분에게 부담을 주고 싶지 않았거든. 뭐, 그분은 부자였으니까. 할아버지는 결혼하자마자 유언장을 새로 썼고 앨리 종조모에게 전 재산을 남겼어. 우리의 생활방식은 아주 달랐지. 그래도 나는 보통 크리스마스에 짧게 편지를 써서 보냈고 그분도 답장으로 카드를 보내주셨어. 언젠가 그분이 의지할 사람이 필요해진다면 내가 성직자임을 기억하시라고 연락을 지속하고 싶었어."

그분이 왜 그런 걸 원하겠느냐고 달글리시는 생각했다.

양심의 가책을 씻으려고? 저 나이 든 소년이 마음에 둔 게 저런 것이었던가? 그렇다면 허버트 아저씨는 처음부터 의심을 품었던 게 틀림이 없다. 하지만 당연히 그럴 수밖에 없었을 것이다. 달글리시도 이야기를 조금 아는데, 그 가문과 친지들은 대체로 앨리 종조모가 교수형을 피한 것은 대단히 운이 좋았던 결과로 생각했다.

달글리시의 아버지도 과묵과 머뭇거림, 연민을 담아 당시 어느 지역 신문 기자가 제시한 것과 본질상 다르지 않은 의견을 표현했었다.

'대체 그 여자는 어떻게 빠져나갈 수 있을 거라 기대했을까? 나한테 묻는다면 죽음을 피하다니 대단히 운이 좋았다고 할밖에.'

"유산 소식을 들었을 땐 많이 놀라셨어요?"

달글리시가 참사회원에게 물었다.

"물론이지. 내가 그분을 직접 만난 건 할아버지와 그분이 결혼한 지 6주 되었던, 할아버지가 돌아가신 그해 크리스마스가 유일했거든. 우린 항상 그분을 종조모님이라고 불렀어. 너도 알다시피 그분은 내 할아버지와 결혼한 사이였는데도 말이야. 하지만 그분을 새할머니라고 생각하기란 불가능해 보였어.

우리 부모님은 나와 쌍둥이 여동생들을 데리고 크리스마스 가족 모임에 참석하러 할아버지의 콜브룩 크로프트 저택에 갔어. 나는 네 살도 안 되었고 쌍둥이는 겨우 8개월이었지. 할아버지나 그 부인에 관해서라면 아무것도 기억나지 않아. 살인사건 후에, 그러니까 그 끔찍한 단어를 사용해야 한다면 말이야, 내 어머니는 우리만 데리고 집으로 돌아왔고 아버지는 거기 남아 경찰과 변호사, 신문기자들을 상대해야 했어. 아버지에겐 끔찍한 시간이었겠지. 대략 1년이 지난 후에야 할아버지가 돌아가셨다는 말을 들었던 것 같아. 나의 옛 유모 넬리가 크리스마스 휴가를 받아 자기 가족에게 다녀왔는데, 내가 집으로 돌아온 직후 그 이야기를 해주었어. 나는 유모에게 이제 할아버지는 영원히 젊고 아름다워진 거냐고 물었어. 딱한 유모는 내 말을 어린아이의 예언이나 신성함의 신호로 받아들였지. 가엾은 넬리는 슬프게도 미신을 믿었고 감상적인 사람이었으니까. 하지만 당시 나는 할아버지의 죽음에 대해 아무것도 몰랐고 그해 크리스마스에 할아버지 저택에 갔던 일이나 새할머니에 관해서도 아무것도 확실히 기억나지 않아. 살인이 벌어졌을 때, 다행히 나는 겨우 아기에 불과했으니까."

"앨리 종조모는 극장 연예인이었다죠?"

달글리시가 물었다.

"응, 게다가 아주 재능이 뛰어난 연예인이었지. 할아버지는 종조모가 칸의 어느 극장에서 파트너와 공연 중일 때 그분을 만났어. 할아버지는 건강 때문에 하인 한 명을 데리고 남프랑스에서 요양 중이었거든. 내가 듣기론 종조모가 할아버지 체인에서 금시계를 빼냈고, 할아버지가 돌려달라고 하자 '당신은 영국인인데 최근 위장병으로 고생했으며, 아들 둘과 딸 하나가 있고, 이제 곧 대단히 놀라운 일을 만나게 될 거'라고 말했다지. 외동딸이 출산 중 죽고 손녀 마거리트 고다드만 남겼다는 사실을 제외하곤 전부 정확한 사실이었어."

"그런 것들이야 오거스터스 할아버지의 목소리와 외모로 쉽게 추측할 수 있는 것들이에요."

달글리시가 말했다.

"그 놀라운 일이란 결혼을 말하는 거였겠죠?"

"확실히 놀라운 일이었지. 가족들에겐 몹시 불만스러운 일이었고. 다른 시대의 속물 의식과 관습을 개탄하기야 쉽고 또 에드워드 시대 영국은 정말로 개탄할 일이 많았지만, 그리 좋은 결혼은 아니었지. 배경과 교육 정도, 생활방식이 달랐고 공통 관심사도 부족했을 거야. 게다가 나이 차가 있었지. 할아버지는 당신 손녀보다 3개월 어린 여자애와 결혼했던 거야. 당연히 가족들은 그 결합이 결국 어느 쪽의 행복이나 만족도 이뤄주지 못할 거라 생각하고 걱정했겠지."

이 정도 표현은 꽤 너그럽다고 달글리시는 생각했다. 그 결혼은 확실히 그들의 행복을 이뤄주지 못했다. 가족의 시점으로 보면 재앙이었다. 달글리시는 공판 기록에서 살인의 밤 콜브룩 크로프트에서 만찬을 함께 했던 지역 교구 사제 부부가 새신부를 처음 만났을 때를 진술했던 내용을 떠올렸다. 늙은 오거스터스 박스데일은 신부를 소개하면서 이렇게 말했다고 한다.

"업계에서 가장 어여쁜 종합예술인을 만나보시게나. 전혀 어려움 없이 내게서 금시계와 지갑을 빼갔지. 내가 조심하지 않았다면 내 바지에서 고무줄도 빼갔을 걸. 어쨌든 이 사람은 내 마음을 훔쳐 갔다네. 그렇지, 자기?"

그리고 기세 좋게 엉덩이를 찰싹 때리는 손길과, 곧바로 아서 베너블스 목사의 왼쪽 귀에서 목사의 열쇠 꾸러미를 빼내는 식으로 자신의 기술을 선보인 숙녀가 뱉는 기쁨의 탄성이 이어졌다. 달글리시는 참사회원에게 이 이야기는 꺼내지 않는 편이 낫겠다고 생각했다.

"제가 뭘 해드리면 좋을까요?"

달글리시가 물었다.

"자네가 아주 바쁘면 꽤 부담되는 일인 줄 알아. 하지만 나도 자네처럼 앨리 종조모님의 무죄를 확신할 수 있다면 그 유산을 기쁜 마음으로 받을 수 있을 거야. 자네가 재판 기록을 살펴봐주면 정말 고맙겠어. 어쩌면 재판 기록에서 무슨 실마리를 찾을지도 모르잖아. 자네는 이런 일에 매우 능숙하니까."

그저 입에 발린 소리가 아니라 낯선 천직을 가진 사람을 향한 순수한 경의가 담긴 말이었다. 실제로 달글리시는 이런 일에 매우 능숙했다. 현재 대영제국 감옥의 감금동에 들어가 있는 사람 중 열두 명 정도는 달글리시 총경의 능숙함을 증명할 수 있고, 달글리시 총경만큼이나 능숙한 담당 변호사를 구해 자유의 몸으로 나다니는 소수 역시 같은 것을 증명할 수 있을 것이다. 그러나 60년도 넘게 지난 사건을 재검토하려면 능숙함보다는 천리안이 필요해 보였다. 당시의 판사와 변호사, 검사 모두 죽은 지 50년이 넘었다. 두 차례의 세계대전이 그들을 데려갔다. 국왕이 네 차례나 바뀌었다. 1901년 그 운명의 박싱 데이 밤에 콜브룩 크로프트 저택의 지붕 아래 잠들었던 사람들 가운데 아직 살아 있는 사람은 오직 참사회원뿐일 가능성이 매우 컸다. 그러나 그 노인이 지금 곤란에 빠져 달글리시에게 도움을 구하고 있었고 달글리시는 하루이틀 휴가가 예정되어 있었으므로 도움을 줄 시간이 있었다.

"할 수 있는 만큼 해보겠습니다."

달글리시는 약속했다.

＊

아무리 런던경시청 총경이라도 67년 전 재판 기록을 손에 넣기는 쉽지 않았고 시간이 걸렸다. 그 사실은 참사회원에게도 불편함을 안겨주었다. 당시 재판을 맡은 벨로우즈 판사는 마치 배심원단을 선의를 지녔지만 멍텅구리 아이들 집단으로 여기는 것처럼, 아저씨 같은 자애롭고 단순한 말투로 사건을 요약했다. 그는 실제로 어떤 일이 있었는지 어린아이라도 이해할 수 있게 설명했다. 명료하게 설명된 사건 개요 일부는 다음과 같다.

"배심원단 여러분, 이제 우리는 12월 26일 밤으로 가보겠습니다. 아마도 크리스마스 당일 약간 어리석게 방탕한 시간을 보냈을 오거스터스 박스데일 씨가 오찬 후 거의 평생을 시달려온 경미한 소화불량을 호소하며 침실 옆 옷방 침대로 물러났습니다. 여러분도 박스데일 씨가 가족들과 함께 오찬을 들었고 가족들과 달리 따로 먹은 음식은 전혀 없었다는 사실을 들었을 겁니다. 그러므로 그 오찬에 관해서는 지나치게 풍성했다는 점 말고 잘못된 점은 없었다고 생각해도 좋을 겁니다.

만찬은 8시 정각에 시작하는 게 콜브룩 크로프트 저택의 관습이었습니다. 그 자리에는 고인의 신부인 앨리그라 박스데일 부인과 큰아들 모리스 박스데일 대위 부부, 작은아들 헨리 박스데일 목사 부부, 손녀 마거리트 고다드 양, 그리고 이웃인 아서 베너블스 목사 부부가 참석했습니다.

피고인이 만찬의 첫 코스였던 소고기 라구만 먹고 8시 20분경 남편 곁을 지키려고 식당을 떠났다는 말은 여러분도 들었을 겁니다. 9시 직후 부인은 식사 시중을 드는 하녀 메리 허디를 호출해 박스데일 씨에게 먹일 귀리죽을 주문했습니다. 여러분도 고인이 귀리죽을 좋아했고, 실제로 집안의 요리사인 먼시 부인이 죽을 준비했다는 말을 들었을 테니, 귀리죽이 소화력이 약한 고령의 신사에게는 매우 영양가 있는 음식인 것 같습니다.

여러분은 '주인님이 이걸 좋아하는데 내가 자리에 없을 때 네가 만들어야 할 수도 있으니까' 어떻게 먼시 부인이 메리 허디도 지켜보는 가운데 비튼 부인의 정통 요리법에 따라 귀리죽을 만들었는지 이미 설명을 들었을 겁니다. 귀리죽을 다 만들고 먼시 부인이 먼저 한 숟가락 맛을 본 다음, 메리 허디가 죽이 너무 되면 묽게 만들 물도 한 주전자 담아서 함께 위층 메인 침실로 가져갔습니다. 메리 허디가 문 앞에 도착했을 때 박스데일 부인이 양손 가득 스타킹과 속옷을 들고 밖으로 나왔습니다. 부인은 여러분에게도 그 것들을 세탁하러 욕실에 가는 길이었다고 말했지요. 부인은 하녀에게 죽그릇을 창문 옆 세면대 위에 올려놓으라고 했고 메리 허디는 박스데일 부인이 보는 데서 그렇게 했습니다. 허디 양은 그때 파리잡이 끈끈이 종이가 물에 잠긴 대야를 보고 박스데일 부인이 이런 방법으로 미용 세안을 하는지 알았다고 우리에게 말했습니다.*

메리 허디와 피고인은 함께 침실을 떠났고 허디 양이 몇 분 지나지 않아 부엌으로 돌아왔다는 먼시 부인의 증언을

---

* 파리잡이 끈끈이 종이에는 비소 성분이 있었고 빅토리아 시대를 전후해 영국에서는 미백을 위해 비소를 탄 물로 세안하는 미용법이 유행했다.

여러분도 들었을 겁니다. 9시 직후 부인들은 식당을 떠나 커피를 마시러 응접실로 자리를 옮겼습니다. 9시 15분에 고다드 양이 일행에게 잠시 양해를 구하고 할아버지가 뭐 필요한 게 있는지 살피고 오겠다고 말했습니다. 고다드 양이 떠날 때 시계가 15분을 알렸기 때문에 이 시간은 정확히 보증되었고 베너블스 부인도 시계 차임벨 소리가 얼마나 감미로웠는지 진술한 바 있습니다. 또 여러분은 베너블스 부인과 모리스 박스데일 부인, 헨리 박스데일 부인의 증언으로 저녁 시간 내내 숙녀 가운데 누구도 응접실을 떠난 적이 없다고 들었죠. 베너블스 목사도 약 45분 후에 고다드 양이 나타나 할아버지가 몹시 위중해졌으니 즉시 의사를 불러달라고 알렸던 때까지 신사 셋이 함께 있었다고 증언했습니다.

고다드 양은 할아버지 방에 들어갔을 때 고인이 막 죽을 다 먹은 참이었으며 맛이 이상하다고 불평했다는 말을 했습니다. 당시 고다드 양은 정말로 죽 맛이 이상했다기보다는 만찬을 들지 못한 것에 대한 항변으로 들렸다고 했습니다. 어쨌든 박스데일 씨는 죽을 거의 다 먹었고, 불평에도 불구하고 맛있게 먹은 것처럼 보였습니다.

다음으로 고다드 양이 할아버지가 죽을 다 먹은 후 자신이 직접 그릇을 옆방으로 가져가 세면대 위에 놓았다고 설명한 걸 들었을 겁니다. 고다드 양은 그 후 할아버지 침대로 돌아왔고 박스데일 씨는 부인과 손녀와 함께 약 45분 동안 휘스트 카드 게임을 했습니다.

10시에 오거스터스 박스데일 씨는 매우 심각한 통증을 호소했습니다. 위장을 쥐어짜는 통증을 느꼈고 메스꺼움과 설사 증상을 보였습니다. 증상이 시작되자마자 고다드 양이 아래층으로 내려가 삼촌들에게 할아버지의 위중함을 알리고 급히 에버슬리 의사를 불러달라고 요청했습니다. 에버슬리 의사도 이대로 증언했지요. 의사는 콜브룩 크로프트 저택에 10시 30분에 도착했고 곧바로 환자가 몹시 고통스러워하며 허약해져 있음을 발견했습니다. 에버슬리 의사는 증상들을 치료하고 가능한 한 환자의 통증도 줄여주려 노력했지만 오거스터스 박스데일 씨는 자정 직전 사망했습니다.

배심원단 여러분, 마거리트 고다드 양이 할아버지의 발작 증상이 어떤 식으로 강화되었는지 설명하는 걸 들었을 겁니다. 고다드 양은 귀리죽을 떠올렸고 그게 어떤 식으로 문제를 일으키지 않았을까 생각했습니다. 고다드 양은 큰 삼촌 모리스 박스데일 대위에게 이런 가능성을 언급했습니다. 박스데일 대위는 죽이 조금 남아 있는 그릇을 에버슬리 의사에게 건네고 의사에게 그걸 서재 수납장 안에 넣고 잠근 후 열쇠 구멍은 밀봉하고 열쇠는 보관해두라고 당부했다는 증언을 여러분에게 했습니다. 죽그릇에 남은 내용물에서 나중에 분석을 거쳐 어떤 결과가 나왔는지 여러분도 이미 들으셨을 겁니다."

달글리시는 용맹한 대위가 취하기엔 예사롭지 않은 예방책이었고 젊은 여성도 매우 총명하게 대응했다고 생각했다. 노인이 죽을 다 먹자마자 그릇을 아래층으로 가져가 씻어버리게 하지 않았던 것은 우연이었을까, 계획적이었을까? 마거리트 고다드는 왜 하녀를 호출해 그릇을 가져가라고 지시하지 않았을까? 고다드 양은 다른 용의자로 보일 뿐이었다. 달글리시는 그 여자에 관해 더 알고 싶었다.

그러나 주요한 주인공들을 제외하고 그 드라마에 참여한 다른 인물들은 재판 기록에 그리 명확하게 드러나지 않았다. 하긴 왜 그래야 한단 말인가? 영국 재판의 탄핵주의는 한 가지 질문에 대답할 수 있게 고안되었다. 즉, 피고인은 기소된 범죄에 관해 합리적인 의심을 할 수 없을 정도로 유죄인가? 성격상의 미세한 차별점을 탐색하는 행위나 추측, 소문 등은 증인석에 허용되지 않았다. 박스데일 가의 두 형제는 정말이지 아주 둔한 친구들로 드러났다. 형제와 존경할 만하고 가치 있고 가슴의 경사가 완만한 형제의 부인들은 8시부터 9시까지 서로가 완전히 보이는 만찬 자리에 있었고(상당히 풍성한 식사였다) 증인석에서도 거의 똑같은 단어를 써가며 그렇게 말했다. 이 부인들의 가슴은 주제넘게 가족 안에 침입해 들어온 자를 향한 혐오나 시기, 당혹감이나 울분 등 충분히 가능한 감정들을 전혀 품지 않고 오르내렸을 것이다. 만약 그런 감정을 품었다 해도 법정에서 말하지는 않았다.

당시의 형사가 꽤 존경받고 있었으며, 마찬가지로 대단히 존경할 만한 귀족 나리들의 유죄를 의심했을지도 모르는 일이지만, 두 형제와 부인들은 명백히 무죄였다. 나무랄 데 없는 그들의 알리바이에는 사회적이고 성별적인 특성이 잘 묻어 있었다. 아서 베너블스 목사가 신사들을 보증했고 선량한 목사 부인은 숙녀들을 보증했다. 게다가 그들에게 무슨 동기가 있었겠는가? 노인이 죽는다고 해서 그들이 경제적으로 더 얻을 것은 없었다. 차라리 노인이 결혼에 환멸을 느끼거나 제정신으로 돌아오면 유언장을 다시 고칠지도 모른다는 희망으로 노인을 살려두는 편이 그들에겐 더 이로웠다. 달글리시가 이해한 바로는 참사회원이 바라는 확신을 줄 수 있는 실마리가 전혀 없었다.

그때 달글리시는 오브리 글랫을 떠올렸다. 글랫은 부유한 아마추어 범죄학자로 빅토리아 시대와 에드워드 시대의 유명한 독살 사건을 전부 연구해왔다. 글랫은 이전이나 이후 시대 사건에는 전혀 관심이 없이 자기 시대를 진지한 역사학자처럼 강박적으로 고집했고 실제로 자신을 진지한 역사학자로 불러달라 요구하기도 했다.

글랫은 윈체스터의 조지 왕조 시대 저택에 살았는데(빅토리아 시대와 에드워드 시대를 향한 애정이 건축양식까지 뻗어가지는 않았던 모양이다) 그 집이 콜브룩 크로프트에서 겨우 5킬로미터 떨어져 있었다. 런던도서관을 방문해보고 달글리시는 아직 블랫이 그 사건에 관한 책을 쓰지는 않았다는 걸 확인했지만, 글랫이 그 시기에 그토록 가까운 곳에서 일어난 범죄를 완전히 무시했을 리가 없었다. 달글리시는 경찰 수사 절차의 실무적인 세부사항에 관해 간혹 글랫을 도와준 적이 있었다. 전화 통화에 대한 응답으로 글랫은 오후의 티타임과 정보 공유를 제안하면서 기꺼이 호의를 갚았다.

글랫의 우아한 응접실에서 리본 달린 프릴 모자를 쓴 시중 하녀가 차를 내왔다. 달글리시는 저런 옷을 입게 설득하느라 글랫이 하녀에게 월급을 얼마나 주었을지 궁금했다.

하녀는 글랫이 좋아하는 빅토리아 시대 꿈속에서 어떤 역할이든 연기할 수 있을 것처럼 보였고, 달글리시는 혹시 오이 샌드위치에 비소가 들었을지도 모른다는 불편한 생각을 했다. 글랫은 샌드위치를 야금야금 먹으면서 솔직하게 이야기했다.

"총경께서 박스데일 살인사건에 관해 이토록 갑작스럽고, 또 이렇게 말해도 좋을지 모르겠지만, 다소 불가해한 관심을 가졌다니 참 흥미롭군요. 저도 어제야 그 사건에 관한 제 기록을 꺼내보았습니다. 현재 콜브룩 크로프트는 주택단지를 새로 짓겠다고 철거 중인데 제가 마지막 방문자가 될 것 같군요. 물론 그 가족은 1914년에서 1918년 사이 전쟁 이후로 그곳에 살지 않았습니다. 건축학적으로 보면 특별할 게 전혀 없는 집이지만, 건물이 사라진 걸 보면 어쩐지 애석하겠지요. 총경만 괜찮으시면 차를 들고 나서 함께 가볼 수도 있습니다.

그 사건에 관해 제 책에 쓴 적은 없습니다.《콜브룩 크로프트 미스터리》나《누가 오거스터스 박스데일을 죽였나?》라는 제목의 책을 계획했었어요. 하지만 답이 너무나 명백하더라고요."

"미스터리가 아니었다는 말씀인가요?"

달글리시가 물었다.

"앨리그라 박스데일 말고 누가 그랬겠습니까? 그 여자, 결혼 전 이름이 앨리그라 포터였지요. 혹시 여자의 어머니는 바이런을 생각하고 이름을 지었을까요?* 제 생각엔 그런 것 같진 않군요. 그런데 제 공책 두 페이지에 걸쳐 그 여자 사진이 있어요. 결혼식 날 칸의 사진사가 찍어준 사진이죠. 저는 그 사진을 '미녀와 야수'라고 부르겠습니다."

거의 바래지 않은 옛 사진 속에서 앨리 종조모가 70년 가까운 세월을 가로질러 달글리시를 향해 살짝 웃고 있었다. 넓은 입매와 다소 주먹코인 넓적한 그 얼굴 옆으로 높이 빗어 올린 검은 머리채가 두 갈래로 흘러내렸고, 당시 유행했던 거대한 꽃이 달린 모자를 썼다. 진정한 미녀라기엔 그 모습이 너무 조악했지만, 쑥 들어간 눈은 자리를 잘 잡아 무척 아름다웠으며 턱은 둥글고 단호했다. 이 생기 넘치는 젊은 여장부 옆에 애처로운 오거스터스 박스데일이 몸을 지탱하기라도 하듯 신부를 꼭 움켜쥐고 선 모습은 참으로 허약하고 왜소한 야수나 다름없었다. 두 사람의 자세

---

* 앨리그라는 영국의 시인 바이런이 제네바에서 만난 클레어와의 사이에서 낳은 딸에게 지어준 이름이다.

는 불행했다. 여자는 남자를 금방이라도 어깨너머로 내던 질 것처럼 보였다.

글랫이 어깨를 으쓱하며 말했다.

"여자 살인자의 얼굴이요? 저는 전혀 그럴 것 같지 않은 살인자의 얼굴을 많이 봤습니다. 물론 여자의 변호사는 여자가 죽을 식히려고 세면대 위에 올려두곤 화장실에 간 그 짧은 시간에 노인이 직접 독을 넣었다고 주장했습니다. 하지만 노인이 왜 그랬겠습니까? 모든 증거로 보아 노인은 결혼 직후 행복한 상태이자 딱하게도 노망난 늙은 바보였는데요. 오거스터스가 이 세상을 서둘러 하직할 이유는 전혀 없었어요. 특히 그토록 고통스러운 방법을 동원해가면서까지요. 게다가 저로선 오거스터스가 죽이 그 자리에 있었다는 사실을 알았는지조차 의문입니다. 바로 옆방인 옷방 침대에 누워 있었잖아요."

달글리시가 물었다.

"마거리트 고다드는 어떻습니까? 고다드가 그 방에 들어간 시간이 정확히 언제인지 증거가 없어요."

"총경이 그렇게 생각할 줄 알았습니다. 고다드는 새할머니가 욕실에 있는 동안 할아버지 방에 도착해 죽에 독을 타고, 죽이 오거스터스에게 전달될 때까지 메인 침실이나

126

어디 다른 곳에 숨어 있다가 방금 위층에 올라온 것처럼 할아버지와 신부 곁으로 합류했을지도 모르죠. 그럴 수도 있을 겁니다. 그러나 가능성이 낮아요. 고다드는 가족 중에서 할아버지의 두 번째 결혼으로 가장 불편을 덜 겪게 될 사람이었습니다. 고다드의 어머니는 오거스터스 박스데일의 장녀로 특허약품 제조업자와 어린 나이에 결혼했어요. 오거스터스의 딸은 출산 도중 사망했고 그 남편은 그 후 겨우 1년을 더 살았습니다. 마거리트 고다드는 상속자였죠. 또 마거리트 고다드는 고귀한 가문의 존 브라이즈-레이시 대위와 약혼한 상태였습니다. 고다드 가문의 에메랄드와 귀족의 맏아들뿐 아니라 가문의 전 재산을 소유한 젊고 아름다운 마거리트 고다드가 진짜 용의자일 가능성은 작아요. 제 생각에 당시 변호사 롤런드 고트 로이드가 고다드를 건드리지 않았던 건 매우 현명한 처사였습니다."

"기억할 만한 변호였다고 생각합니다."

"훌륭했죠. 앨리그라 박스데일은 고트 로이드 변호사에게 목숨을 신세 졌어요. 저는 당시의 최후변론을 외우고 있답니다.

'존경하는 배심원단 여러분, 신성한 정의의 이름으로 여러분에게 요청하는 바를 고려해주시길 간청드립니다. 이 젊은 여성의 운명을 결정하는 것은 여러분의 책임, 오직 여러분만의 책임입니다. 이 여인은 지금 젊고 생기 넘치고 건강하게 빛나는 모습으로 자기 앞에 펼쳐진 세월의 약속과 희망을 안고 여러분 앞에 서 있습니다. 여러분은 지팡이를 단 한 번 휘둘러 쐐기풀을 간단히 베어버리듯이 이 모든 것을 잘라버릴 힘이 있습니다. 그녀가 최후까지 마지막 몇 주일의 느린 고문을 겪을 동안 비난하는 것도, 끔찍한 끝으로 몰아가는 것도, 여인의 이름에 중상모략을 쌓고 앨리그라를 지극히 사랑했던 남자와의 몇 주일 뿐이었던 행복한 결혼생활을 훼손하며 앨리그라를 불명예스러운 무덤의 최종 암흑 속으로 내던질 선고를 내리는 것도 모두 여러분의 힘에 달렸습니다.'

그러곤 극적 효과를 위해 잠깐 말을 멈춘 다음 참으로 감명 깊은 목소리로 점점 고조에 이릅니다. '그렇다면 어떤 증거를 따르시겠습니까, 배심원단 여러분? 여러분께 묻습니다.' 여기서 한 번 더 멈추죠. 그런 다음 천둥처럼 몰아칩니다. '대체 어떤 증거를 따르시렵니까?'"

"강력한 변호로군요."

달글리시가 말했다.

"하지만 현대의 판사와 배심원이었다면 어떤 판결을 내

렸을지 궁금하네요."

"뭐, 1902년의 배심원단에겐 아주 효과적이었지요. 물론 사형제가 폐지되면서 연극 같은 형식의 변론도 줄어들었죠. 그 쐐기풀을 벤다는 표현을 쓴 것은 아주 고상한 취향이었다고 말하지는 못하겠습니다. 하지만 배심원단은 그 뜻을 알아챘죠. 대체로 배심원단은 피고인을 교수대로 보낼 책임을 지고 싶지 않다는 쪽으로 결정했습니다. 그 판결에 도달하기까지 6시간이나 걸렸고 그들이 다시 법정으로 돌아올 때는 환호를 받기도 했습니다. 그 훌륭한 시민들 중 어느 누구에게라도 앨리그라가 무죄라는 데 본인 돈 5파운드를 걸어야 한다고 했다면, 아마 결과가 달라졌을 테지만요. 물론 앨리그라 박스데일도 변호인을 거들었죠. 3년 전 통과된 범죄증거법 덕분에 변호인은 앨리그라를 증인석에 세울 수 있었어요. 앨리그라는 괜히 배우가 아니었어요. 어쨌든 앨리그라는 노인을 진심으로 사랑했다고 배심원단을 설득해냈습니다."

"어쩌면 진짜로 사랑했을지도 모르죠."

달글리시가 말했다.

"앨리그라가 그때껏 살면서 다정한 사람을 많이 만났을 거라곤 생각하지 않습니다. 노인은 다정했고요."

"물론입니다, 물론이에요. 하지만 사랑이라니요!"

글랫은 짜증스러워했다.

"이런, 달글리시 총경! 오거스터스는 예순아홉 살이나 먹은 독보적으로 추한 늙은이였습니다. 여자는 스물한 살의 매력적인 여자였고요!"

달글리시는 사랑이, 그 인습 타파의 열정이 이렇게 간단한 산수로 계산될 수 있는지 의문이 들었지만, 반박하지는 않았다. 글랫이 계속 말했다.

"검사는 앨리그라에게 다른 낭만적 애착 관계가 있었다고 주장할 수는 없었습니다. 물론 경찰은 앨리그라의 이전 파트너를 조사했죠. 알고 보니 그 남자는 대머리에 왜소한 작자였고, 족제비처럼 날카로웠으며, 풍만한 아내와 다섯 명의 아이들과 함께 살았습니다. 앨리그라와의 동업이 깨진 후 해안으로 이주해 새로운 여자 연예인과 공연 중이었죠. 남자는 새 파트너가 고맙게도 잘해주고 있지만 앨리그라와는 비교가 안 되고, 만약 앨리그라가 교수대 올가미로부터 목숨을 구하고 다시 직업을 구한다면 어디로 와야 할지 알고 있을 거라고 말했습니다. 의심을 가장 많이 한 경찰이 보기에도 그 남자의 관심사는 오직 직업적인 것에 불과했죠. 남자의 말대로 '친구 사이에 비소 한두 알갱이가

대수인가요?'

재판 이후 박스데일 가문에 불운이 이어졌습니다. 모리스 박스데일 대위는 자식을 남기지 않은 채 1916년 전사했고, 에드워드 박스데일 목사는 1918년 인플루엔자 대유행 시기에 아내와 쌍둥이 딸을 모두 잃었습니다. 에드워드는 1932년까지 살았지요. 아들 허버트는 아직 살아 있을지 모르지만, 확실하지는 않습니다. 그 가문 사람들은 항상 좀 병약했어요.

그건 그렇고 제가 해낸 가장 큰 성취는 마거리트 고다드를 추적한 일이었습니다. 그 여자가 아직 살아 있을 줄은 몰랐어요. 고다드는 브라이즈-레이시 대위와 결혼하지 않았고, 사실 누구와도 결혼하지 않았어요. 대위는 1914년에서 1918년 사이 전쟁에서 수훈을 세우고 성공적으로 귀환했지만, 결국 탁월하게 적당한 젊은 여자, 그러니까 동료 장교의 누이와 결혼했습니다. 브라이즈-레이시는 1925년에 귀족 작위를 물려받았고 1953년에 사망했습니다. 반면 제가 알기로 마거리트 고다드는 살아 있습니다. 심지어 제가 처음 고다드를 발견했던 소박한 본머스 호텔에 아직 살고 있을지 몰라요. 그러나 고다드를 추적한 제 노력은 보상을 받지 못했습니다. 고다드가 저를 만나지 않겠다고 완강하게 거절했거든요. 그때 고다드가 보낸 쪽지가 있어요. 여기요."

쪽지는 연대순으로 세밀하게 주석까지 단 공책에 꼼꼼하게 풀로 붙어 있었다. 오브리 글랫은 타고난 연구자였다. 달글리시는 어쩔 수 없이, 정확성을 향한 이 열정이 살인사건에 대한 세밀한 기록보다 더 보람 있는 곳에 쓰일 수는 없었을까 생각하게 되었다.

쪽지는 우아하고 반듯한 글씨체로 쓰여 있었다. 검고 아주 가늘지만 뚜렷하고 흔들리지 않는 필체였다.

미스 고다드는 오브리 글랫 씨에게 정중한 인사를 보냅니다. 미스 고다드는 자신의 할아버지를 살해하지 않았고 살해자에 관해 논의함으로써 글랫 씨의 호기심을 충족시킬 시간도 뜻도 없습니다.

오브리 글랫이 말했다.

"이 극도로 매정한 쪽지를 받고 나서 저는 이 책을 계속 쓰는 게 사실상 의미가 없다고 느꼈습니다."

아마 에드워드 시대를 향한 글랫의 열정이 그 시대 살인사건보다 더 넓은 분야로 확장되었는지, 두 사람은 글랫의 우아한 1910년식 다임러를 타고 푸르른 햄프셔의 골목길들을 지나 콜브룩 크로프트를 향해 달렸다. 얇은 트위드 코트를 입고 사슴 사냥꾼 모자를 쓴 글랫 때문에 달글리시 눈에 글랫은 셜록 홈즈, 자신은 조수 왓슨처럼 보였다.

"우리가 정확히 제때 왔네요, 달글리시 총경."

저택에 도착하자 글랫이 말했다.

"벌써 건물 철거 기계 조립이 끝났어요. 사슬에 매달린 저 쇠공이 때릴 준비를 마친 신의 눈알 같군요. 저 안내원과 도박을 벌여봅시다. 총경은 무단침입죄를 범할 마음이 없잖아요?"

철거 작업은 아직 시작되지 않았지만, 집 내부는 이미 벗겨지고 약탈당해서 큼직한 방들에서는 최후의 퇴각 이후 버려진 황량한 병영처럼 두 사람의 발소리가 메아리쳤다. 두 사람은 이 방 저 방 옮겨 다녔는데, 글랫은 너무 늦게 즐기게 된 한 시대의 잊힌 영광을 애도했고 달글리시는 그보다 즉각적이고 실용적인 관심사에 마음을 두었다.

집의 설계는 단순하고 획일적이었다. 메인 침실이 대부분을 차지한 2층에는 집 전면 전체를 가로지르는 긴 복도가 있었다. 메인 침실은 남쪽 끝에 있었고 멀리 윈체스터 대성당 첨탑이 바라보이는 두 개의 커다란 창이 있었다. 메인 침실은 안쪽의 중간 문을 통해 작은 옷방으로 이어졌다.

주 복도에는 똑같은 크기의 창문 네 개가 잇따라 있었다. 지금은 수집가들의 수집 품목이 된 황동 커튼 봉과 나무 고리는 사라졌지만, 화려하게 조각한 커튼 봉 덮개는 아직 남아 있었다. 바로 여기에 묵직한 커튼이 달려 자신의 모습을 숨기고 싶어 한 사람을 감춰주었을 것이다. 게다가 달글리시는 복도 창문 중 하나가 메인 침실 출입문과 똑바로 마주 보고 있다는 흥미로운 사실을 알아챘다. 두 사람이 콜브룩 크로프트를 떠나고 글랫이 윈체스터역에 내려주었을 때 이미 달글리시는 가설을 세우기 시작했다.

다음 행보는, 만약 살아 있다면 마거리트 고다드를 추적하는 일이었다. 남부 해안을 따라 이 호텔 저 호텔로 힘겹게 추적하는 데 거의 일주일이 걸렸다. 거의 모든 호텔이 달글리시의 문의에 방어적인 적의를 품고 대답했다. 건강과 재산이 모두 바닥나면서 더 까다롭고 오만하고 괴팍해진 나이 지긋한 노부인이 지배인과 다른 투숙객 모두에게 달갑지 않은 골칫거리가 되었다는 이야기가 일반적이었다. 호텔들은 거의 소박했고 몇 군데는 거의 지저분한 수준이었다. 전설적인 고다드 가문의 재산에 대체 무슨 일이 일어난 건지 달글리시는 의문을 품었다.

달글리시는 마지막 호텔 주인으로부터 고다드가 병에

걸렸고, 사실 몹시 위중한 상태이며, 6개월 전 지역 주립종합병원으로 옮겨갔다는 소식을 들었다. 그리고 그곳에서 고다드를 찾아냈다.

병동 간호사는 놀랍도록 젊고 자그마한 검은 머리 소녀로 얼굴 표정은 피곤해 보였지만 눈빛은 도전적이었다.

"미스 고다드가 매우 위중합니다. 병원에서 그분을 옆 병동으로 옮겼어요. 친척이신가요? 그렇다면 여기 면회를 온 첫 번째 분이시군요. 제때 오셔서 다행이에요. 의식이 혼미할 때는 브라이즈 – 레이시 대위가 면회를 올 거라고 기대하시거든요. 혹시 당신이 그 사람은 아니죠?"

"브라이즈 – 레이시 대위는 면회를 오지 않을 겁니다. 저는 친척도 아니고요. 미스 고다드는 저를 알지도 못해요. 하지만 그분 상태가 괜찮고 절 만나보시겠다고 하면 꼭 뵙고 싶습니다. 이 쪽지를 전해주시겠어요?"

아무런 방어력도 없이 죽어가는 여성에게 뭔가를 강요할 수는 없었다. 고다드에겐 여전히 싫다고 말할 권리가 있었다. 하지만 달글리시는 고다드가 자신을 거절할까 봐 두려웠다. 그리고 만약 거절한다면 달글리시는 진실을 절대로 알 수 없게 될지도 모른다. 달글리시는 수첩 뒷장에 단세 단어를 쓰고 서명한 뒤 종이를 찢어 접어서 간호사에게 건넸다.

간호사는 곧바로 돌아왔다.

"미스 고다드가 당신을 보겠다고 하세요. 물론 그분은
몹시 허약하고 노쇠한 상태지만, 지금은 정신이 아주 또렷
하세요. 제발 그분을 지치게 하지는 마세요."

"너무 오래 머무르진 않겠습니다."

간호사가 웃었다.

"걱정하지 마세요. 그분은 지루해지면 곧바로 당신을 쫓
아낼 테니까요. 목사님도 적십자 기록관리인도 그분 때문
에 곤욕을 치르셨죠. 4층 왼쪽이에요. 침대 밑에 앉을 만한
스툴이 있어요. 면회 시간이 끝나면 종이 울릴 겁니다."

간호사는 달글리시가 알아서 길을 찾아가게 놔두고 서
둘러 자리를 떴다. 복도는 무척 고요했다. 복도 맨 끝에서
달글리시는 주 병실의 열린 문 사이로 연푸른색 침대보를
두른 침대가 열을 맞추어 늘어섰고 일부 테이블에는 화사
하게 빛나는 꽃이 꽂혀 있으며 방문객들이 짝을 지어 각자
침대 옆으로 가는 모습을 보았다. 웅성거리는 인사 소리,
웅웅대는 대화 소리가 희미하게 들렸다. 그러나 옆 병동을
방문하는 사람은 없었다. 여기 살균된 복도의 침묵 속에서
달글리시는 죽음의 냄새를 맡았다.

왼쪽 세 번째 병실에서 베개를 높이 괴고 앉은 여자는 더는 인간으로 보이지 않았다. 고다드는 긴 팔을 막대기처럼 침대보 위로 뻗은 채 꼿꼿하게 누워 있었다. 그 모습이 해부학자의 모형처럼 누런 투명막 아래 힘줄과 핏줄을 또렷하게 드러내는 얇은 살가죽을 입은 해골 같았다. 고다드는 머리가 거의 벗겨졌고 남은 머리카락 아래 볼록 솟은 두개골은 아이의 머리처럼 불안정하고 취약해 보였다. 오직 눈만이 생명력을 품고 동물적인 활력으로 깊은 눈구멍 속에서 이글거렸다. 그러나 고다드가 말을 하자 목소리만은 분명하고 확고해서 그 외모로는 절대 상기할 수 없을 법했던 오만한 젊음의 기억을 불러일으켰다.

고다드가 달글리시의 쪽지를 들더니 큰 소리로 세 단어를 읽었다.

"'그 아이가 그랬어요.' 물론 당신 말이 맞아요. 네 살 허버트 박스데일이 제 할아버지를 죽였어요. 이 쪽지에 애덤 달글리시라고 서명했군요. 그 사건과 연관된 달글리시는 없었는데요."

"저는 런던경시청 형사입니다. 하지만 공식적인 직함을 가지고 여기 온 것은 아닙니다. 친애하는 친구로부터 수년 전 이 사건에 대해 들었습니다. 진실을 알고 싶은 자연스러운 호기심이 생겼고요. 그리고 가설 하나를 세웠습니다."

"그럼 당신은 그 잘난 척하는 오브리 글랫처럼 책을 쓰고 싶은 건가요?"

"아닙니다. 저는 누구에게도 말하지 않을 겁니다. 약속 드립니다."

고다드의 목소리는 비꼬는 투였다.

"고맙군요. 나는 죽어가는 여자입니다, 달글리시 씨. 이런 말을 하는 건 당신이 제공하기엔 주제넘고 나로서도 원하지도 요구하지도 않을 당신의 동정심을 불러일으키려는 게 아니라, 당신이 무슨 말을 하고 무슨 행동을 하든 더 이상 내게 중요하지 않은 이유를 설명하기 위해서예요. 하지만 나 또한 자연스러운 호기심이 생기는군요. 당신 쪽지는 영리하게도 호기심을 불러일으킬 목적으로 쓰였죠. 나는 당신이 진실을 어떻게 알아냈는지 알고 싶습니다."

달글리시는 침대 밑에서 면회객용 스툴을 빼서 고다드 옆에 앉았다. 고다드는 달글리시를 보지 않았다. 여전히 쪽지를 쥐고 있는 해골 같은 손도 움직이지 않았다.

"오거스터스 박스데일을 죽였을 가능성이 있는 콜브룩 크로프트의 모든 사람들이 해명되었는데 누구도 눈여겨보지 않았던 단 한 사람, 어린 소년만이 예외였습니다. 소년은 영리하고 말도 똑똑히 할 줄 아는 아이였습니다. 아마 분명히 저 혼자 알아서 시간을 보내게 놔두었을 겁니다. 유모는 콜브룩 크로프트에 동행하지 않았고 그곳의 하인들은 크리스마스 기간의 추가 업무를 해야 했으며 아직 어린 쌍둥이 아기들을 돌봐야 했죠. 아이는 아마도 많은 시간을 할아버지와 할아버지의 새 신부와 함께 보냈을 겁니다. 신부 역시 외롭고 외면당했을 테니까요. 아이는 신부가 이런저런 일을 하며 집 안을 돌아다니는 동안 곁에서 함께 얼쩡거렸을지도 모릅니다. 신부가 비소로 세안수를 만드는 것을 지켜봤을 수도 있고 어린아이의 생각으로 그게 무슨 용도냐고 물었을 때 '나를 젊고 아름답게 만들어준다'라는 말을 들었을지도 몰라요. 아이는 할아버지를 사랑했지만, 노인이 젊지도 아름답지도 않다는 사실도 분명히 알았을 겁니다. 크리스마스 파티가 끝난 그 박싱 데이 밤에 아이가 배가 잔뜩 부르고 흥분한 상태로 깨어났다고 상상해보십시오. 편안한 분위기와 놀아줄 사람을 찾아 앨리그라 박스데일의 방에 갔는데 거기서 세면대 위에 놓인 죽그릇과 비소 혼합물을 봤다면요? 거기서 할아버지를 위해 할 수 있는 일이 있겠다고 마음을 먹었다면요?"

침대에서 나직한 목소리가 들려왔다.

"그런데 하필 누군가가 문간에 몰래 서서 그 아이를 지켜봤다면?"

"부인은 계단참 창문 커튼 뒤에서 열린 문 사이로 방 안쪽을 보고 있었던 거죠?"

"물론이요. 그 아이는 의자에 무릎을 꿇고 앉아서 통통한 두 손으로 독약 대야를 붙잡고 할아버지 죽에 그 물을 조심스럽게 계속 쏟아부었어요. 나는 그 애가 대야 위에 리넨 천을 다시 올려놓고 의자에서 내려와 신중한 솜씨로 대야를 다시 벽에 밀어붙이고 잰걸음으로 복도에 나와 놀이방으로 돌아가는 모습을 지켜봤죠. 약 3초 후에 앨리그라가 욕실에서 나왔고 나는 그 여자가 내 할아버지에게 죽을 가져가는 모습을 지켜봤어요. 그리고 1초 후에 메인 침실로 들어갔죠. 독약 대야는 허버트의 작은 손으로 다루기엔 조금 무거웠기 때문에 반질반질한 세면대 상판에 물을 약간 흘린 게 보였어요. 나는 손수건을 꺼내 물웅덩이를 닦았습니다. 그리고 독약 대야의 물 높이를 맞추려고 물 주전자의 물을 조금 부었죠. 2초밖에 안 걸렸고, 다시 안쪽 옷방에 있는 앨리그라와 할아버지 곁으로 가서 할아버지가 죽을 다 먹을 동안 옆에 앉아 있었어요.

나는 연민도 가책도 없이 할아버지가 죽어가는 모습을

지켜봤어요. 나는 두 사람이 똑같이 미웠어요. 어린 시절 내내 나를 아끼고 예뻐하며 응석을 받아주던 할아버지가 역겹고 늙은 호색한으로 퇴화해서는, 내가 그 방에 있는 동안에도 그 여자의 몸에서 손을 떼지 못하더군요. 할아버지는 나를 비롯한 자기 가족을 외면했고, 내 약혼을 위태롭게 했고, 카운티 안에서 우리 가문을 웃음거리로 만들었어요. 그 모든 걸 내 할머니라면 부엌 하녀로도 고용하지 않을 여자를 위해서 했다고요. 나는 두 사람 모두 죽기를 원했어요. 그리고 두 사람은 죽을 예정이었죠. 하지만 내가 아닌 다른 사람의 손에 죽을 예정이었어요. 나는 내가 한 짓이 아니라고 자신까지 속일 수 있었어요."

달글리시가 물었다.

"앨리그라는 언제 알아챘나요?"

"그날 저녁 알았어요. 할아버지가 괴로워하기 시작하자 앨리그라는 물주전자를 가지러 옷방 밖으로 나갔죠. 할아버지 이마에 차가운 물수건을 덮어주려고요. 그때 주전자 안의 물이 줄어들었고 세면대 위 작은 물웅덩이가 닦였다는 사실을 알아챘죠. 나는 앨리그라가 그 웅덩이를 봤을 수도 있단 걸 깨달았어야 했어요. 앨리그라는 모든 세세한 것까지 다 알아채도록 훈련받은 사람이었으니까요. 처음에 앨리그라는 메리 허디가 죽 쟁반을 내려놓다가 물을 조금 흘렸나 보다 생각했어요. 하지만 물웅덩이를 닦아낼 사람이 나 말고 누가 있겠어요? 그리고 왜 닦았겠어요?"

"그럼 그녀가 진실을 가지고 부인과 대면했을 때는 언제였습니까?"

"재판이 다 끝나고 나서요. 앨리그라는 대단한 용기를 지녔어요. 위험에 처한 게 뭔지 알았지만, 자신이 얻기 위해 버텨야 할 게 뭔지도 알았죠. 앨리그라는 재산을 위해 자기 목숨을 걸고 도박을 벌였어요."

이제야 달글리시는 고다드 가문의 유산에 무슨 일이 벌어졌는지 알 수 있었다.

"그래서 앨리그라가 부인에게 돈을 요구했나요?"

"물론이요. 푼돈까지 깡그리 요구했죠. 고다드 가문의 재산과 고다드 가문의 에메랄드까지 전부. 앨리그라는 내 돈으로 67년 동안 호화롭게 살았어요. 내 돈으로 먹고 입었어요. 연인들과 호텔을 옮겨 다녔던 것도 전부 내 돈으로 했어요. 내 돈으로 사람들에게 돈을 썼어요. 그리고 앨리그라가 뭐라도 남긴 게 있다면 그것도 내 돈일 거예요. 내 할아버지가 남긴 재산은 아주 적었어요. 할아버지는 노망이 나서 돈을 모래알처럼 손가락 사이로 흘러내리게 써버렸으니까요."

"그럼 부인의 약혼은 어떻게 됐습니까?"

"깨졌어요. 상호 동의 아래 그랬다고 말할 수 있겠네요. 결혼이란 다른 법적 계약과 같아요, 달글리시 씨. 양쪽 모두 이득을 보겠다고 확신할 때 가장 성공적이죠. 브라이즈 - 레이시 대위는 우리 가문의 살인사건 추문 때문에 이미 충분히 실망했어요. 대위는 자신만만하고 고도로 관습적인 남자였어요. 하지만 그 일밖에 없었다면 아마 나쁜 냄새를 덮기 위해 고다드 가문의 재산과 고다드 가문의 에메랄드를 받아들였을지도 몰라요. 그러나 그 사람이 자기보다 사회적 신분이 낮고 거대한 추문으로 얼룩진데다 보상해줄 재산도 없는 가문과 결혼한다는 사실을 깨달은 순간 그 결혼은 성공할 수 없었죠."

달글리시가 말했다.

"일단 돈을 주기 시작했다면 계속 줄 수밖에 없었겠군요. 이해합니다. 하지만 왜 돈을 주었죠? 앨리그라 역시 자기 이야기를 사실대로 할 수 없었을 텐데요. 어린아이를 연루시키게 될 테니까요."

"오, 아니에요! 앨리그라는 그럴 계획이 전혀 아니었어요. 앨리그라는 아이를 끌어들일 생각이 조금도 없었어요. 앨리그라는 감상적인 여자였고 허버트를 좋아했어요. 앨리그라는 나를 살인자로 고발할 생각이었어요. 그렇게 되면 내가 진실을 말한들 무슨 도움이 되겠어요? 어차피 흘린 독물을 닦아낸 사람은 나고, 대야에 물을 채운 사람도 나예요. 앨리그라는 목숨도 명성도 잃을 게 전혀 없었잖아요. 앨리그라를 두 번 기소할 수는 없었어요. 그래서 앨리그라는 재판이 끝날 때까지 기다렸던 거예요. 자신이 영원히 안전할 수 있도록요.

하지만 나는요? 당시 내가 살았던 세계는 명성이 전부였어요. 앨리그라가 몇몇 하녀들 귀에 대고 속삭이기만 하면 나는 끝장이었어요. 진실은 대단히 집요할 수 있답니다. 하지만 단지 명성 때문만은 아니었어요. 나는 교수대의 그림자가 드리운 아래서 돈을 준 거니까요."

달글리시가 물었다.

"하지만 앨리그라가 사실을 어떻게 증명할 수 있었겠어요?"

고다드가 갑자기 달글리시를 보더니 소름 끼치게 날카로운 웃음을 터뜨렸다. 웃음소리는 고다드의 목구멍에서 찢어지듯 나왔고 달글리시는 팽팽한 힘줄이 툭 끊어질지도 모른다고 생각했다.

"당연히 증명할 수 있었죠! 당신은 바보로군요! 이해

못 하겠어요? 내가 비소 혼합물을 닦을 때 썼던 손수건을 앨리그라가 가져갔어요. 그게 앨리그라의 직업이었잖아요. 그날 저녁 어느 순간, 아마 우리 모두 침대 주위에 모여 있을 때 통통하고 부드러운 두 손이 내 이브닝드레스 새틴과 피부 사이로 슬쩍 들어와 그 얼룩진 저주의 리넨 조각을 빼냈어요."

고다드는 침대 옆 사물함 쪽으로 힘없이 손을 뻗었다. 달글리시는 고다드가 무엇을 원하는지 알아채고 서랍을 당겨 열었다. 맨 위에 천 가장자리에 손으로 레이스를 바느질한 아주 섬세한 작은 사각형 리넨 손수건이 있었다. 달글리시는 그것을 꺼냈다. 구석에 고다드의 이름 머리글자가 섬세한 자수로 수놓아져 있었다. 손수건의 절반은 아직도 뻣뻣한 갈색으로 얼룩져 있었다.

고다드가 말했다.

"자기가 죽으면 이걸 내게 돌려주라고 앨리그라가 자기 변호사에게 지시했어요. 앨리그라는 항상 내가 어디에 있는지 알았죠. 하지만 이제 앨리그라는 죽었어요. 그리고 곧 나도 따라가겠죠. 손수건은 당신이 가져가도 좋아요, 달글리시 씨. 이제 우리 둘 다 쓸모가 없겠지만요."

달글리시는 말없이 손수건을 주머니에 넣었다. 가능한

한 빨리 이것을 불태워버릴 것이다. 그러나 아직 할 말이 남았다.

"혹시 제가 해드리길 바라는 일이 있습니까? 소식을 듣거나 전할 사람이 있습니까? 혹시 사제를 만나고 싶으신가요?"

다시 소름 끼치게 날카로운 웃음이 들렸지만, 이번에는 조금 더 부드러웠다.

"사제에게 할 수 있는 이야기는 없어요. 그저 내가 한 일에 성공하지 못한 게 후회될 따름입니다. 고백을 제대로 할 만큼 정신 상태가 좋지도 않아요. 하지만 그 여자에게 원한은 없습니다. 패배한 사람은 승복할 줄 알아야 해요. 하지만 나는 대가를 치렀어요, 달글리시 씨. 무려 67년 동안 치렀어요. 그리고 이 세상에서 부자들은 딱 한 번만 대가를 치른답니다, 젊은 양반."

고다드가 갑자기 피로가 몰려오는 사람처럼 뒤로 누웠다. 잠시 침묵이 드리웠다. 이윽고 고다드가 갑자기 생기를 차리고 말했다.

"당신이 찾아와서 좋았다고 믿어요. 혹시 앞으로 사흘만 더 오후마다 와줄 수 있겠어요? 그 후로는 귀찮게 하지 않을게요."

달글리시는 조금 어렵게 휴가를 연장했고 지역 여관에

묵었다. 오후마다 고다드를 보러 갔다. 살인사건에 관해서는 다시는 말하지 않았다. 그리고 넷째 날 오후 2시 정각에 찾아갔을 때 전날 밤 미스 고다드가 누구에게도 곤란을 주지 않고 평화롭게 눈을 감았다는 말을 들었다. 고다드는 자신의 말대로 승복할 줄 아는 패배자였다.

일주일 후 달글리시는 참사회원에게 보고했다.

"그 사건을 세밀하게 연구한 사람을 만날 수 있었습니다. 또 재판 기록도 읽어보고 콜브룩 크로프트도 방문했어요. 그리고 사건과 아주 밀접한 연관이 있지만, 지금은 사망한 또 다른 사람도 만났습니다. 대부께서는 제가 비밀을 존중하고 필요 이상은 말하지 않기를 바라시겠죠."

참사회원은 조용히 장담의 말을 중얼거렸다. 달글리시는 재빨리 말을 이었다.

"결과적으로 대부님께 그 판결은 정당했고 할아버지 재산 중 단 한 푼도 누군가의 그릇된 행동을 통해 대부님께 가는 게 아니라고 말씀드릴 수 있습니다."

허버트는 얼굴을 돌리고 창밖을 응시했다. 긴 침묵이 이어졌다. 노인은 아마 자기 방식으로 감사를 전하고 있었을 것이다. 이윽고 달글리시는 자신의 대부가 말하고 있음을 알아챘다. 허버트는 감사에 관해, 그 조사 결과에 굴복한 순간에 관해 무언가 말을 하고 있었다.

"내 말을 오해하지 마, 애덤. 하지만 형식적인 일이 마무리되면 일부를 자네 이름으로 자선단체에 기부하고 싶어. 자네 마음이 가는 곳으로 말이야."

달글리시는 웃었다. 달글리시에게 자선단체 기부란 별로 인간미 없는, 은행 지시로 이체되는 분기별 의무였다. 참사회원은 분명 자선단체를 수많은 낡은 옷들처럼 생각하고 있었다. 전부 친하지만 어떤 것은 다른 것보다 더 잘 어울리고 결국 더 애정을 가지고 찾게 되는 그런 것으로.

그때 좋은 생각이 떠올랐다.

"그런 생각을 해주시다니 감사합니다, 대부님. 앨리 종조모에 관해 알게 된 사실들이 있어요. 일부를 그분 이름으로 기부하는 게 좋겠습니다. 혹시 은퇴 후 궁핍하게 지내는 극장 연예인들이나 마술사들을 지원하는 단체가 있을까요?"

예상대로 참사회원은 그런 곳이 있다는 걸 알았고 단체 이름도 알았다.

달글리시가 말했다.

"그럼 제 생각에 앨리 종조모님 역시 당신 이름으로 기부하는 게 완벽하게 적절한 처사라고 동의하실 것 같습니다, 대부님."

크리스마스의
열두 가지 단서

THE TWELVE CLUES
OF CHRISTMAS

겨울 오후 어둠 속에서 도로에 뛰어들어 다가오는 자동차를 향해 미친 듯이 손을 흔드는 형체는 너무나 허구 속 인물 같아서, 이제 막 경사로 승진한 애덤 달글리시가 이런 일을 당했을 때 처음 든 생각은, 고급주간지 독자들 대상으로 계절에 맞는 전율을 안겨주기 위해 쓴 크리스마스 단편에 연루된 게 아닐까 하는 의심이었다. 그러나 그 형체는 실제였고 다급함 역시 명백히 진짜였다.

달글리시가 MG 미젯 자동차의 창을 내리자 차가운 12월의 공기와 소용돌이치는 부드러운 눈, 그리고 한 남자의 머리가 차 안으로 들이닥쳤다.

"세워주셔서 정말 감사합니다! 경찰에 전화해야 해요. 제 삼촌이 자살했습니다. 저는 하커빌 홀 저택에서 왔고요."

"거긴 전화가 없습니까?"

"전화가 있다면 당신을 세우지 않았겠죠. 고장이 났습니다. 종종 고장이 나요. 게다가 지금은 자동차까지 말썽이고요."

달글리시는 5분 전쯤 지나친 마을 외곽에서 공중전화를 보았다. 달글리시가 크리스마스를 보내기로 한 서퍽 해안의 고모 집 역시 자동차로 겨우 10분 거리에 있었다. 하지만 굳이 고모의 사생활에 특별히 유쾌할 일도 없는 낯선 사람을 들일 이유가 있을까? 달글리시가 말했다.

"그러면 공중전화까지 태워다드리겠습니다. 방금 위븐 헤이븐 외곽에서 공중전화를 지나쳤거든요."

"서둘러주세요. 급합니다. 삼촌이 죽었어요."

"확실합니까?"

"물론 확실합니다. 몸이 차갑고 숨을 쉬지 않고 맥박도 없어요."

달글리시는 이렇게 말할 뻔했지만 참았다.

"그런 경우라면 특별히 서두를 이유가 없지요."

낯선 이의 말투는 냉혹한 설교조였고 달글리시는 남자의

얼굴 역시 말투와 똑같이 비호감이 아닐까 생각했다. 그러나 그 사람은 묵직한 트위드 코트 깃을 위로 세우고 있어서 길쭉한 코 말고는 아무것도 보이지 않았다. 달글리시가 몸을 숙여 자동차 왼쪽 문을 열어주자 남자가 차에 탔다. 남자는 어떤 감정으로 괴로워하는 게 분명했지만, 달글리시는 그 감정이 충격이나 슬픔이라기보다는 불안감과 원통함쪽에 가깝다고 감지했다.

조수석의 동행이 불손하게 말했다.

"내 소개를 하는 게 좋겠군요. 헬무트 하커빌입니다. 독일인은 아니에요. 어머니가 그 이름을 좋아했습니다."

이 말에 딱히 할 대답이 없었다. 달글리시는 자신을 소개했고 두 사람은 어색한 침묵 속에서 차를 타고 갔다. 헬무트 하커빌이 차에서 내리며 부루퉁하게 말했다.

"이런 제길, 돈을 깜박 잊고 안 가져왔어요."

달글리시는 재킷 주머니를 뒤져 동전 몇 개를 건네고 남자를 따라 차에서 내려 공중전화로 갔다. 지역 경찰은 크리스마스이브 오후 4시 30분에 호출당하는 걸 좋아하지 않을 테고, 만약 이 일이 일종의 장난질이라면 달글리시는 깊이 개입하고 싶지 않았다. 하지만 고모에게 전화를 걸어 조금 늦을 수도 있다고 알리는 편이 좋았다.

첫 통화는 시간이 조금 걸렸다. 하커빌이 돌아서서 짜증스럽게 말했다.

"경찰이 참 차분하게도 전화를 받는군요. 누가 들으면 이 동네 사람들은 크리스마스에 자살하는 게 아주 일상인 줄 알겠어요."

달글리시가 말했다.

"잉글랜드 동부 사람들이 원래 완고합니다. 가족끼리는 어쩌다 마음을 열지만, 대부분은 서로 침범하지 않고 살아가죠."

달글리시는 통화를 마쳤고 두 사람은 처음 남자를 태운 장소로 돌아갔다. 거기서 하커빌이 퉁명스럽게 말했다.

"여기 오른쪽에 갈림길이 있습니다. 하커빌 홀 저택까지 2킬로미터도 안 돼요."

침묵 속에서 차를 몰면서 달글리시는 불쑥 저택 문 앞에 남자를 내려주는 일 말고 자신이 책임져야 할 일이 있을 수도 있겠다는 생각이 들었다. 어쨌든 달글리시는 경찰이었다. 여기가 관할 지역은 아니지만, 시체가 정말로 시체인지, 혹시 살아날 가능성은 없는지 확인해야 했고, 지역 경찰이 도착할 때까지 기다려야 했다. 달글리시가 동행에게 조용하지만 단호하게 이런 제안을 하자 잠시 후 불만스러운 묵인이 돌아왔다.

"좋을 대로 하세요. 하지만 시간 낭비일 겁니다. 삼촌이 쪽지를 남겼어요. 여기가 하커빌 홀입니다. 이 지역 사람이면 아마 알 텐데, 적어도 본 적은 있을 겁니다."

달글리시는 저택을 본 적이 있고 저택 주인은 그 명성으로 알았다. 눈에 띄지 않기가 더 어려운 집이었다. 달글리시 생각에는 오늘날이었다면 가장 수용적인 도시계획 당국도 서쪽 해안선에서 가장 매력적인 지역 가까이에 이런 저택의 건축을 허가하지 않았을 것 같았다. 1870년대에는 좀더 관대한 제도가 만연했다. 그리고 당시 하커빌은 불면증 환자, 소화불량 환자, 발기부전 환자에게 아편, 탄산수소, 감초를 섞은 혼합물을 처방해 백만장자가 되었고 서쪽으로 은퇴해 이웃에게 깊은 인상을 심어주고 직원들에게는 불편을 끼칠 목적으로 자기 지위를 상징하는 저택을 지었다. 현재 주인도 똑같이 부유하고 비열하며 은둔생활을 하는 것으로 알려졌다.

헬무트가 말했다.

"저는 누나 거트루드와 남동생 칼과 함께 평소처럼 크리스마스를 보내려고 여기 왔습니다. 아내는 함께 오지 않았어요. 그럴 기분이 아니었거든요. 아, 그리고 임시로 고용한 요리사 다그워스 부인이 있습니다. 삼촌이 제게 〈레이디스 컴패니언〉에 광고를 내라고 지시했고 다그워스 부인은 어제저녁 우리와 함께 여기 왔어요. 삼촌의 평소 요리사이자 가정부, 하녀이기도 한 메이비스는 크리스마스를 지내러 고향에 갔고요."

헬무트는 확실히 불필요한 집안 사정을 장황하게 설명해서 달글리시를 상상에 빠지게 만들어놓고 다시 침묵에 빠졌다.

저택이 불쑥 나타나서 달글리시는 본능적으로 브레이크를 밟았다. 헤드라이트 불빛에 드러난 저택은 인간의 거주지라기보다는 자연 세계의 일탈에 더 가까워 보였다. 정말로 고용된 적이 있다면 말이지만, 어쨌든 건축가는 창이 많은 큼직한 사각형 붉은 벽돌집으로 흉물스러운 건축을 시작하고, 이어서 비뚤어진 창조적 광기의 충동으로 대성당에나 어울릴 거대한 장식 포치를 세웠으며, 거기에 커다란 돌출창 네 개를 증축하고 지붕은 모퉁이마다 뾰족탑으로 꾸몄으며 한가운데 돔을 세웠다.

밤새 눈이 내렸지만 그날 아침은 건조하고 몹시 추웠다. 하지만 지금은 눈발이 점점 굵어져 자동차 헤드라이트 불빛에 드러난 두 겹의 타이어 자국을 지우고 있었다. 두 사람은 조용히 집을 향해 다가갔는데, 집 자체는 사람이 살지 않는 곳 같았다. 오직 1층과 위층 창문만이 커튼 틈새로 희미한 빛을 내보냈다.

벽에 참나무 판자를 댄 대형 홀은 조명이 어둑하고 추웠다. 동굴 같은 난로에는 전기온열 램프가 두 개뿐이었고 호랑가시나무 다발이 우울함을 누그러뜨리는 게 아니라 오히려 돋우는 묵직하고 별 특징 없는 두 점의 초상화 사이에 끼워져 있었다. 두 사람을 안으로 들이고 견고한 참나무 문을 밀어 닫은 남자는 칼 하커빌이 분명했다. 서둘러 앞으로 달려온 누나처럼 그 역시 하커빌 가의 코를 가졌고 눈은 의심으로 빛났으며 얇은 입매는 꽉 다물려 있었다. 냉랭하게 못마땅한 표정을 짓고 무리 가장자리에 떨어져 선 두 번째 여자는 따로 소개받지 않았지만 아마도 임시로 고용했다는 요리사로 짐작되었는데, 오른손 가운뎃손가락에 얇은 반창고를 붙인 걸 보면 확실히 칼질에 서툰 것 같았다. 여자의 심술궂은 작은 입과 의심 가득한 검은 눈을 보면 여자의 마음 역시 몸과 마찬가지로 단단히 코르셋을 조인 것 같았다. 헬무트가 달글리시를 '런던경시청 경사'라고 소개하자 남매는 경계하는 침묵으로 반응했지만, 요리사 다그워스 부인은 재빨리 헉 하고 억눌린 소리를 냈다. 가족이 앞장서서 달글리시를 침실로 안내하자 여자도 따라왔다.

똑같이 벽에 참나무 판자를 댄 침실은 거대했다. 침대는 차양 달린 참나무 사주식 침대였고 죽은 남자는 침대보 위에 누워 있었다. 잠옷 차림이었는데 맨 위 단춧구멍에 가시가 무척 많고 열매는 시들어 쪼그라든 작고 마른 호랑가시나무 가지가 꽂혀 있었다. 하커빌 가 특유의 코가 눈에 띄었고 얼굴엔 수없이 항해에 시달린 선박의 뱃머리처럼 팬 자국과 상처가 많았다. 눈은 제 의지인 것처럼 질끈 감겨 있었다. 크게 벌어진 입에는 크리스마스 푸딩처럼 보이는 것이 박혀 있었다. 손톱이 놀랍도록 길며 끈적끈적한 연고가 묻은 옹이 진 양손이 배 위에 포개져 있었다. 머리에는 크리스마스 크래커*에서 나온 게 분명해 보이는 붉은 박엽지로 만든 왕관을 썼다. 묵직한 침대 옆 테이블에 전등이 있었는데 스위치가 켜져 있었지만 빛이 흐릿했고, 빈 위스키병 하나와 역시 비어 있는 상표 붙은 약병 하나, 하커빌 발모제라는 상표가 붙은 고약한 냄새를 풍기는 연고가 담긴 열린 양철통 하나, 작은 보온병, 이미 잡아당긴 크리스

---

* 크리스마스 크래커에는 보통 박엽지로 만든 종이 왕관과 좌우명이나 농담을 적은 종이 띠, 그리고 작은 선물이 들어 있다.

마스 크래커, 그리고 아직 그릇에 담겨 있지만 맨 위쪽을 파낸 크리스마스 푸딩이 있었다. 또 쪽지가 있었다.

쪽지에는 메시지가 놀랍도록 확고한 필체로 쓰여 있었다. 달글리시는 쪽지를 읽었다.

한동안 이 일을 계획해왔다. 너희 마음에 들지 않겠지만 견딜 수 있을 것이다. 감사하게도 이번이 우리 가족의 마지막 크리스마스가 될 것이다. 더는 거트루드가 만든 소화 안 되는 크리스마스 푸딩과 너무 익힌 칠면조를 먹지 않아도 된다. 더는 우스꽝스러운 종이 모자를 쓰지 않아도 된다. 더는 집 안 곳곳에 무분별하게 호랑가시나무 다발을 꽂아두지 않아도 된다. 더는 너희의 역겹도록 추한 얼굴을 보지 않아도 되고, 마음을 마비시키는 자리에 끼지 않아도 된다. 나는 평화와 행복을 누릴 자격이 있다. 나는 그것을 구할 수 있는 곳으로 가련다. 내 사랑이 나를 기다릴 것이다.

헬무트 하커빌이 말했다.

"삼촌은 늘 농담을 잘했는데 약간 위엄 있게 죽고 싶었나 봅니다. 이런 모습의 삼촌을 발견해서 너무 충격을 받았어요. 특히 제 누나가요. 하지만 삼촌은 다른 사람을 배려

할 마음이 전혀 없었던 거죠."

헬무트의 남동생이 조용히 나무라며 말했다.

"닐 니시 보눔*, 헬무트, 닐 니시 보눔. 삼촌은 바보 같은 짓을 하지는 않았어."

달글리시가 물었다.

"시신은 누가 발견했습니까?"

"제가요."

헬무트가 말했다.

"뭐, 적어도 제가 가장 먼저 사다리에 올라갔습니다. 우리는 이른 아침 차를 마시지 않지만, 삼촌은 늘 아침에 위스키 한 모금을 타서 마시려고 진한 커피를 보온병에 담아 침대로 가져갔어요. 삼촌은 보통 일찍 일어나는데 9시가 되어도 아침 식사를 하러 내려오지 않기에 다그워스 부인이 괜찮은지 보러 갔어요. 문은 잠겨 있었지만, 삼촌이 방해하지 말라고 안에서 소리를 질렀습니다. 삼촌이 점심에도 내려오지 않자 이번에는 누나가 올라갔습니다. 아무리 해도 삼촌 소리가 들리지 않아서 밖에 사다리를 놓고 제가 창문으로 올라갔습니다. 사다리가 아직 그 자리에 있

---

* *Nil nish bonum*, 죽은 자에 관해서는 좋은 말만 하라는 뜻의 라틴어 경구

어요."

다그워스 부인이 못마땅한 얼굴로 뻣뻣하게 침대 옆에 서 있었다. 부인이 말했다.

"나는 네 사람의 크리스마스 만찬을 준비하라고 고용되었어요. 집은 온기 하나 없는 흉물 덩어리고 주인은 자살할 거라고 말해준 사람은 아무도 없었다고요. 도대체 평소에 이 집 요리사가 어떻게 해냈는지 모르겠어요. 이 부엌은 80년 된 구닥다리예요. 지금 말하는데 나는 여기 머무르지 않겠어요. 경찰이 오는 대로 갈 거예요. 그리고 〈레이디스 컴패니언〉에 불평을 전달할 거예요. 다른 요리사를 구하려면 운이 좋아야 할걸요."

헬무트가 말했다.

"런던행 막차는 크리스마스이브 일찍 떠나고 박싱 데이까지 다른 버스는 없어요. 그때까진 여기 머물러야 합니다. 그리고 보수를 받은 만큼 일을 하는 게 좋을 겁니다."

헬무트의 남동생이 말했다.

"일단 우리에게 차를 내오는 일부터 하면 좋겠네요. 뜨겁고 진한 차요. 배가 고파 죽겠어요."

정말이지 방 안은 몹시 추웠다. 거트루드가 말했다.

"부엌은 따뜻할 거예요. 감사하게도 AGA 오븐이 있거든요. 우리 부엌으로 가요."

달글리시는 차보다는 좀 더 계절에 어울리는 것을 원했고, 고모 집에서 자신을 기다리고 있을 훌륭한 음식들과 신중하게 골라 벌써 마개를 열어두었을 보르도산 포도주, 탁탁 소리를 내며 톡 쏘는 바다 냄새를 풍기는 유목 장작 난로가 그리웠다. 그러나 부엌은 적어도 더 따뜻하긴 했다. AGA 오븐은 현대적이라고 할 만한 유일한 장비였다. 바닥은 판석을 깔았고, 이중 개수대는 얼룩졌고, 한쪽 벽을 차지한 거대한 찬장에는 주전자, 머그잔, 접시, 양철통 등이 잡다하게 차 있었으며, 식기장 몇 개도 상부가 전부 비슷한 것들로 덮여 있었다. 천장에 매단 건조대에는 분명히 빨았지만 여전히 얼룩진 차 행주들이 축 늘어진 휴전 깃발처럼 걸려 있었다.

거트루드가 말했다.

"제가 크리스마스 케이크를 가져왔어요. 그걸 잘라 먹으면 되겠네요."

칼이 조용히 말했다.

"내 생각엔 아닌 것 같아, 누나. 삼촌이 죽은 채 누워 있는데 크리스마스 케이크를 소화시킬 수는 없지. 아마 양철통 안에 비스킷이 들어 있을 거야."

다그워스 부인이 울화통이 터진다는 표정을 지으며 찬장에서 '설탕'이라고 이름표가 붙은 양철통을 꺼내고 찻주전자에 찻잎을 퍼 넣었다. 그러더니 식기장 하나를 뒤져 커다란 빨간색 양철통을 꺼냈다. 비스킷은 오래되었고 눅눅했다. 달글리시는 비스킷을 사양했지만 차가 나왔을 때는 감사히 받았다.

달글리시가 말했다.

"삼촌이 살아 있는 모습을 마지막으로 본 게 언제입니까?"

대답은 헬무트가 했다.

"어젯밤 우리와 함께 저녁 식사를 했습니다. 우리는 8시나 되어서 도착했고 당연히 심촌의 요리사는 우리를 위해 아무것도 남겨놓지 않았어요. 그 여자가 원래 그래요. 하지만 우리가 차가운 고기와 샐러드를 가져와서 그걸 먹었어요. 다그워스 부인이 수프 통조림을 땄고요. 9시에 뉴스가 끝나자마자 삼촌이 자러 간다고 말했어요. 다그워스 부인을 제외하곤 그 후로 삼촌을 보거나 소리를 들은 사람은 없습니다."

다그워스 부인이 말했다.

"아침 식사를 하라고 불렀을 때 그분이 당장 가버리라고 소리쳤어요. 그러더니 크리스마스 크래커를 잡아당기는 소리가 들리더군요. 그러니까 그분은 9시나 9시 직후에는 살아 있었어요."

달글리시가 물었다.

"소리를 들은 게 확실합니까?"

"당연하죠. 난 크리스마스 크래커 당기는 소리를 알아요. 약간 이상해서 문가로 다가가 소리쳤어요. '하커빌 씨 괜찮으세요?' 그랬더니 큰 소리로 대꾸하더군요. '물론 나는 괜찮지. 그러니 그만 물러나고 여긴 얼씬거리지 마.' 그게 그분이 누구에게든 마지막으로 한 말이에요."

달글리시가 말했다.

"부인이 그분 소리를 들었다면 그분은 문 옆에 아주 가까이 서 있었던 모양입니다. 문이 아주 단단한 목재로 되어 있던데요."

다그워스 부인이 얼굴을 붉히더니 이윽고 화를 내며 말했다.

"단단한 목재든 뭐든 내가 무슨 소리를 들었는지는 알아요. 나는 크리스마스 크래커 소리를 들었고 그분이 나더러 물러나라고 말하는 걸 들었어요. 어쨌든 무슨 일이 일어났는지는 명백해요. 당신도 유서를 봤잖아요? 그분 필체였다고요."

달글리시가 말했다.

"제가 위층으로 올라가 방을 지키고 있겠습니다. 여러분은 서퍽 경찰을 기다리는 게 좋겠군요."

굳이 달글리시가 방을 지킬 이유는 없었기에, 그들이 항의할지도 모른다고 달글리시는 생각했다. 그러나 아무도 항의하지 않았고, 달글리시 혼자 계단을 올라갔다. 달글리시는 침실에 들어가 여전히 열쇠 구멍에 꽂혀 있는 열쇠를 돌려 문을 잠갔다. 침대로 다가가 시체를 조심스럽게 살펴보고 고약한 냄새에 얼굴을 찡그려가며 연고 냄새를 맡은 다음 시체 위로 허리를 숙였다. 하커빌은 잠자리에 들기 전에 두피에 연고를 듬뿍 발랐던 게 틀림없었다. 손은 가볍게 주먹을 쥐었지만, 오른손바닥에 크리스마스 푸딩 뭉치가 묻은 게 보였다. 시체의 상반신에 사후 강직이 막 시작되고 있었지만, 달글리시는 뻣뻣해지는 머리를 가만히 들어 올려 베개를 살펴보았다.

달글리시는 크리스마스 크래커를 살펴본 후 쪽지로 주의를 돌렸다. 쪽지를 뒤집어보니 종이 뒷면이 불에 그을린 듯 살짝 갈색을 띠었다. 거대한 쇠살대 난로로 가보니 누군가가 종이를 태운 흔적이 보였다. 하얀 재가 소복이 쌓였고 손을 대보니 아직도 희미하게 열기가 느껴졌다. 철저하게 태운 모양이었으나, 유니콘 뿔이 보이는 작은 판지 조각과 편지 조각이 남아 있었다. 편지지는 두꺼웠고 타자한 단어 몇 개가 선명하게 보였다. 달글리시는 '8백 파운드면 그리 터무니없는 액수는 아니라고 생각하는데'라는 글자를 읽었다. 그게 다였고, 달글리시는 두 조각 모두 제자리에 돌려 놓았다.

창문 오른쪽에 묵직한 참나무 책상이 하나 있었다. 그걸 보면 커스버트 하커빌은 중요한 서류를 가까이 두어야 더 평온한 마음으로 잠이 들었던 모양이었다. 책상은 잠겨 있지 않았고, 고무줄로 묶은 낡은 영수증과 청구서 다발을 제외하곤 완전히 비어 있었다. 책상 위와 벽난로 선반도 마찬가지로 비어 있었다. 좀약 냄새가 풍기는 거대한 옷장에는 옷가지만 있었다.

무단침입이라는 께름칙한 마음이 없지는 않지만 인접한 방도 살펴보기로 했다. 다그워스 부인이 차지한 그 방은 감방처럼 으스스하게 가구가 거의 없었고 유일하게 눈에 띄는 특징이라곤 놋쇠 쟁반을 든 곰팡이 핀 봉제 곰 인형뿐이었다. 너무 좁아 불편해 보이고 딱딱한 베개도 하나뿐인 침대 위에 아직 풀지 않은 다그워스 부인의 짐가방이 놓여 있었다.

오른쪽 방은 똑같이 작았지만, 부재중인 하녀 메이비스는 적어도 젊은 사람 특유의 흔적은 남겨두었다. 벽에 영화 포스터와 팝스타 사진이 붙어 있었다. 몹시 낡았지만 편안한 등나무 의자가 하나 있었고, 침대에는 분홍색과 파란색 양들이 뛰노는 퀼트 침대보가 덮였다. 금방이라도 무너질 것 같은 작은 옷장은 비어 있었다. 메이비스는 휴지통에 반쯤 쓴 화장품 병들을 버렸고 그 위에 낡고 더러운 옷들이 쌓여 있었다.

달글리시는 메인 침실로 돌아가 사라진 두 개의 물건을 찾아봤지만, 성공하지는 못했다.

마을은 6킬로미터 정도 떨어져 있었고 30분 후에 순경 태플로가 도착했다. 태플로는 몸집이 딱 벌어진 중년 남자로, 12월에 자전거를 타고 오려고 옷을 여러 겹 껴입어서인지 타고난 몸집보다도 훨씬 더 커 보였다. 순경은 눈이 잦아들었는데도 굳이 홀까지 자전거를 끌고 들어오겠다고 고집했고, 하커빌 가족의 말 없는 못마땅한 시선에도 불구하고 자전거를 조심스럽게 벽에 기대어 세우더니 마구간에 말을 넣는 사람처럼 안장을 부드럽게 쓰다듬었다.

달글리시가 자기소개를 하고 여기 온 이유를 설명하자

태플로 순경이 말했다.

"그럼 경사님은 이제 그만 출발하고 싶으시겠네요. 여기 계속 머물 이유가 없으니까요. 이곳 문제는 제가 처리하겠습니다."

달글리시가 말했다.

"저도 같이 가겠습니다. 제가 열쇠를 가지고 있어요. 문을 잠가두는 게 신중한 예방책이라고 생각했습니다."

태플로 순경은 열쇠를 받아들고 런던경시청의 지나친 처사에 관해 한마디 할 것처럼 보였지만, 눌러 참았다. 두 사람은 함께 위층으로 올라갔다. 태플로 순경이 약간 못마땅한 얼굴로 시신을 살펴보더니, 탁자 위 내용물을 조사하고, 연고 통에 대고 코를 킁킁거리곤 쪽지를 주워들었다.

"제 눈엔 명백해 보이네요. 이 사람은 또다시 가족끼리 보내는 크리스마스를 마주할 수 없었던 거죠."

"전에 이 가족을 만나본 적이 있습니까?"

"고인 말고 다른 분들을 직접 본 적은 없어요. 이 가족은 매년 저택에 오지만 얼굴을 보여준 적은 없거든요. 고인도 평소에 그래요. 아, 이제 그랬어요, 라고 말해야겠네요."

달글리시가 가볍게 말했다.

"의심스러운 죽음이라고 생각하지 않으십니까?"

"아니요. 제가 이유를 말씀드리죠. 이래서 지역민들이 아는 바가 중요한 겁니다. 이 가족은 전부 미쳤어요. 아니면 별 차이 없을 만큼 거의 미쳤거나요. 저 사람 아버지도 똑같은 일을 저질렀답니다."

"크리스마스에 자살했단 말인가요?"

"가이포크스의 밤*에요. 주머니마다 회전 폭죽과 폭죽을 가득 넣고 허리띠 둘레에 큼직한 로켓형 폭죽을 채운 후 위스키 한 병을 다 마신 다음 곧장 모닥불을 향해 뛰어들었어요."

"비명 한 번 못 지르고 펑 터져버렸겠군요. 그 자리에 어린아이들이 없었기를 바랍니다."

"펑 하고 터져버린 건 확실합니다. 그리고 하커빌 홀 저택에 아이들을 초대한 적도 없고요. 아마 오늘 밤에도 이곳에 캐럴 합창대를 데리고 오는 목사는 없을 겁니다."

달글리시는 이곳에서 버텨야 한다는 의무감을 느꼈다. 달글리시가 말했다.

---

* 가이포크스의 밤은 본 파이어 나이트라고도 하며, 1605년 11월 5일 영국 의사당 폭파 계획을 기념해 모닥불을 피우고 불꽃놀이를 하곤 한다.

"책상이 거의 비었습니다. 누군가가 종이를 태웠어요. 그런데 타다 만 종잇조각 두 개가 흥미롭더군요."

"자살자들은 보통 서류를 태웁니다. 저것들은 때가 되면 살펴보죠. 중요한 종이는 바로 이거죠. 누가 봐도 유서잖아요. 기다려주셔서 감사합니다, 경사님. 이제 제가 맡겠습니다."

그러나 두 사람이 홀에 도착했을 때 태플로 순경은 애써 태연한 말투로 말했다.

"저를 가장 가까운 공중전화까지 데려다주세요. 저 노신사를 내가기 전에 범죄수사과에서 여길 한번 살펴보는 게 좋겠습니다."

마침내 달글리시는 MG 자동차를 바다 쪽으로 돌리면서 자신의 의무와 의향이 시키는 대로 일했다는 편안한 확신을 품었다. 지역 범죄수사과는 원한다면 어디에 가야 달글리시를 찾을 수 있는지도 알고 있었다. '이상한 크리스마스 크래커 사건'(기이한 크리스마스 예비 단계에 붙일 법한 적당한 제목이라고 생각했다)은 안전하게 서퍽 경찰에 맡겨둘 수 있었다.

그러나 달글리시가 희망한 평화로운 저녁은 실망으로 돌아갔다. 느긋하게 목욕을 마치고 가방을 푼 후 저녁 첫

술잔을 손에 들고 유목 장작 난로 앞에 막 앉았을 때 펙 경위가 문을 두드렸다. 펙 경위는 태플로 순경과는 아주 다른 사람이었다. 직위에 비해 젊었고, 날카로운 인상에 검은 머리였으며, 슬랙스와 재킷 하나만 입고, 알록달록한 색깔로 뜨개질한 커다란 목도리를 두 번 감은 게 12월의 밤기온에 대한 유일한 대책이었던 것으로 보아 분명 추위에도 강했다. 펙 경위는 미스 달글리시에게 품위 있게 사과했지만, 그 조카에게는 그런 우아한 행동을 낭비하지 않았다.

"자네에 관해 약간 확인을 했어, 경사. 크리스마스이브라 쉽지는 않았지만, 경시청의 누군가는 맨정신으로 살아 있더군. 자네는 틀림없이 그 경위의 총아인가 봐. 사람들 말이 자네 머리에는 귀와 눈 사이에 두뇌가 하나 더 있다고 하더군. 나랑 같이 하커빌 홀 저택으로 돌아가지."

"지금 말입니까?"

난로를 흘낏 바라보는 달글리시의 시선이 무언의 웅변을 했다.

"지금, 바로, 즉시, 지체 없이, 당장. 자동차를 가져와. 내 차로 함께 갔다가 데려다줄 수도 있지만, 나는 당분간 그 저택에 머물러 있는 게 좋을 것 같거든."

어느새 밤이 되었다. 달글리시가 자동차를 몰고 가는 동안 공기의 느낌도 냄새도 더 차가워졌다. 마침내 눈이 그쳤고 휙휙 지나가는 구름 사이로 달이 흔들렸다. 저택에 도착한 두 사람은 각자 자동차를 나란히 세웠다.

홀의 문은 다그워스 부인이 열어주었는데, 악의가 가득한 표정으로 말없이 두 사람을 집 안으로 들이더니 부엌 쪽으로 사라졌다. 두 사람이 계단을 올라가자 뒤에서 헬무트가 나타났다.

헬무트가 두 사람을 올려다보며 불만스럽게 말했다.

"삼촌 시신을 내갈 예정인 줄 알았는데요, 경위님. 삼촌을 저 상태로 놔두는 건 너무 품위에 어긋납니다. 구역 간호사가 와서 염을 할 수도 있잖아요? 누나가 극도로 불안해하고 있어요."

"다 때가 있습니다. 경찰의와 사진사가 오길 기다리고 있습니다."

"사진사라고요? 아니, 대체 왜 사진을 찍으려는 거죠? 대단히 적절치 못한 행위라고 생각되는군요. 제가 경찰서장에게 직접 전화할까 생각 중입니다."

"그렇게 하십시오. 아마 서장님은 지금 스코틀랜드에서 아들, 며느리, 손주들과 함께 있을 겁니다. 그리고 제 생각엔 서장님이 선생 전화를 받고 퍽 기뻐하실 것도 같군요.

서장님 크리스마스를 꽤 즐겁게 만들어드릴 거라 믿어 의심치 않습니다."

침실에서 펙 경위가 말했다.

"자넨 그 유서가 별 설득력이 없다고 말하려고 했지? 나도 동의하고 싶지만, 그 이야기는 검시관에게 하고. 자네도 이 가문의 역사에 대해 들어봤나?"

"조금요. 할아버지의 승천에 대해 들었습니다."

"그 사람뿐만이 아니었어. 하커빌 가문은 자연사에 반감을 보였지. 삶이 너무 특별할 게 없어서 죽음을 특별하게 만들고 싶었던 모양이야. 그래, 이 작은 위장 놀이에 관해 자넨 특별히 무슨 생각이 들었나?"

달글리시가 말했다.

"이상한 점이 많아요. 만약 이게 탐정소설이라면 '크리스마스의 열두 가지 단서'라고 부를 수 있을 겁니다. 열두 개까지 세려면 정신적으로 조금 명민해야 하지만, 그 정도가 적당해 보입니다."

"똑똑한 척 그만하고 본론만 말하지그래, 젊은이."

"우선 유서를 생각해봅시다. 제가 보기에 이 쪽지는 가족 중 한 명에게, 혹은 여럿에게 쓴 편지의 맨 마지막 장처럼 보입니다. 종이는 원래 봉투에 넣으려고 두 번 접었습니다.

뒷면에 약간 그을린 자국이 있잖아요. 누군가가 접은 금을 펴려고 다림질한 것 같습니다. 하지만 두 군데에 희미하게 흔적이 남은 걸 보면 완전히 성공하진 못했어요. 그리고 편지 속 문장이 있습니다. 하커빌은 이번이 마지막 크리스마스가 될 거라고 했습니다. 거트루드의 요리로 고통받을 마지막 크리스마스가 될 거라고도 했죠. 그런데 왜 크리스마스이브에 자살했을까요?"

"마음을 바꿨을지도 모르지. 그런 경우야 없지 않지 않나. 그럼 자네는 그 쪽지가 무슨 뜻이라고 생각하지?"

"하커빌은 이곳을 떠날 계획이었습니다. 아마도 외국으로요. 난로 안에 작은 판지 조각이 있는데 유니콘 머리 부분이 남았어요. 뿔이 보일 겁니다. 제 생각엔 누군가가 하커빌의 여권을 태웠어요. 아마 최근에 여권을 갱신한 사실을 감추려고요. 또, 틀림없이 여행 관련 서류도 있었을 텐데, 가족이 다른 서류 대부분과 함께 태워버렸어요. 또 반쯤 타버린 편지 조각도 있어요. 돈을 요구한 것처럼 보일 수도 있지만, 제 생각엔 아닌 것 같아요. 여기 쉼표를 보세요, 경위님. 이 대목을 '땅의 규모를 생각한다면 40만에 8백 파운드면 그리 터무니없는 액수는 아니라고 생각하는데'로 읽을 수 있어요. 어쩌면 부동산 중개인에게서 받은 편지일 수도 있습니다. 아마도 하커빌은 이 집을 매각할 계획이었고 그 돈을 원래 재산과 합해서 여길 영원히 떠날 생각이었을지 모릅니다."

"태양을 향해 도피한다? 그럴 수 있지. 게다가 애인이 기다리고 있고?"

"애인은 천국이 아니라 코스타 브라바에서 하커빌을 기다리고 있을 겁니다. 바로 옆방인 하녀 방을 살펴보세요. 옷장에 가치 있는 건 하나도 없고 낡은 옷가지는 휴지통에 아무렇게나 쌓여 있어요. 메이비스는 아마 지금쯤 태양 아래 앉아 나이 든 연인의 전화를 기다리면서, 호화롭고 자유롭게 몇 년을 함께 살다가 남은 생애는 부유한 과부로 살아갈 꿈을 꾸고 있을지도 몰라요. 하커빌이 군이 발모제를 발랐던 이유도 아마 그래서일 겁니다. 조금 애처로운 대목이죠."

"자네, 그런 상상력을 제어하지 않으면 절대 경위로 승진하지 못하겠어. 그 아가씨는 이 마을 사람이야. 지금 집에 있는지 없는지 쉽게 확인할 수 있어."

달글리시가 말했다.

"지금까지 세 가지 단서를 말씀드렸습니다. 그을린 쪽지, 반쯤 타다 만 여권, 그리고 편지 조각이요. 다음으로 연고가

있습니다. 자살할 계획이었다면 왜 굳이 발모제를 발랐을
까요?"

"습관일 수 있지. 자살자들이 언제나 합리적으로 행동하
지는 않아. 뭐, 행위 자체가 완전히 비합리적이기는 하지.
다른 선택지를 모두 그만두고 왜 그 선택을 하냔 말이지.
그래도 연고를 바른 게 이상하다는 건 나도 인정하네."

"게다가 연고를 아주 듬뿍 발랐습니다. 네 번째 단서는
바로 얼룩진 베개입니다. 제가 처음 시신을 보았을 때 사후
강직이 막 시작되고 있었는데, 머리를 들어봤습니다. 베개
에 연고가 묻어 끈적끈적하더군요. 머리에 쓴 종이 모자보
다 훨씬 많이 묻어 있었어요. 그러니 모자는 사후에 씌운
게 틀림없습니다. 다음은 크리스마스 크래커입니다. 크래
커를 침실에서 잡아당겼다면 그 안에 든 장난감은 어디 있
을까요? 크래커에 들었던 좌우명 종이 띠는 있었지만, 장
난감은 없었습니다."

펙 경위가 말했다.

"그걸 찾아본 사람이 자네 한 사람만은 아니야. 내가 그
가족에게 잠시 부엌을 떠나 응접실에 가 있으라고 했네. 그
리고 부엌 찬장 밑에서 이걸 발견했어."

경위가 주머니에 손을 넣더니 밀봉한 비닐봉지를 꺼냈

다. 안에 번지르르한 싸구려 브로치가 들어 있었다. 경위가 말했다.

"제조사에 확인해보겠지만 이 물건이 어디서 나왔는지는 별 의문이 없을 거야. 그들이 왜 침실에서 크래커를 터뜨리지 않았는지는 몰라도 어떤 사람들은 죽은 자가 있는 곳에서 큰 소리를 내는 것에 관한 미신을 믿으니까. 자네의 크리스마스 크래커 단서는 인정하지, 경사."

"그렇다면 가짜 요리사 단서는 어떨까요, 경위님? 하커빌은 왜 조카에게 요리사를 구하는 광고를 내라고 지시했을까요? 하커빌은 비열한 구두쇠로 유명하고 그 쪽지에도 소화가 안 되는 크리스마스 만찬을 요리할 사람은 거트루드라고 분명히 나와 있습니다. 제 생각에 다그워스 부인은 어젯밤이 아니라 오늘 아침에 이 집에 도착했습니다. 9시 직후 크래커를 잡아당기는 소리를 들었다고 증언하고 다른 가족에게 알리바이를 제공하려고요. 만약 저들 주장대로 부인이 간밤에 가족과 함께 도착했다면 왜 부인의 가방은 풀리지도 않은 채로 옆방 침대 위에 그대로 놓여 있을까요? 게다가 부인은 쪽지가 하커빌의 필체라고 진술했습니다. 부인이 그걸 어떻게 알까요? 부인을 고용했다고 주장한 사람은 그 삼촌이 아니라 헬무트 하커빌이었습니다. 또 다른 문제도 있습니다. 부엌 상태가 얼마나 엉망인지 보셨죠? 부인이 우릴 위해 차를 만들고 오래된 비스킷을 내왔는데, 어디서 뭘 찾아야 하는지 정확히 알고 있더군요. 부인은 전에도 저 부엌에서 일해본 적이 있습니다."

"그럼 부인이 언제 도착했다는 거지?"

"오늘 아침 일찍 버스를 타고 왔어요. 어쨌든 커스버트 하커빌이 부인을 보지 못하는 게 중요했어요. 부인은 틀림없이 전에 여기 온 적이 있어요. 내 생각에는 가족이 부인을 색스먼덤에서 만났을 겁니다. 지금 자동차는 고장이 난 상태인지 몰라도 제가 처음 도착했을 때 헤드라이트 불빛으로 두 벌의 타이어 자국이 선명한 걸 봤습니다. 지금은 눈으로 덮여 보이지 않겠지만 아까는 뚜렷했어요."

"바퀴 자국을 보존해두지 않은 게 유감이군. 지금은 증거로 쓸 만한 상태가 아닐 거야. 그땐 자네도 이 죽음에 뭔가 수상한 점이 있다는 걸 몰랐을 테지. 가짜 요리사에 관해서는 단서 두 개로 쳐주지. 하지만 낯선 사람에게 의존한다는 게 약간 위험하지 않았을까? 그냥 가족들끼리 해치우는 편이 더 낫잖나?"

"가족들끼리 해치웠을 겁니다. 다그워스 부인을 헬무트 하커빌 부인이라고 부르면 어떤 반응을 보일 겁니다. 부인은 심술궂어서 다른 사람 시중드는 일이 성격에 맞지 않아요."

"계속해보게, 경사. 아직 열두 가지 단서까지 가지 않았어."

"호랑가시나무입니다. 가지에 가시가 무척 많아요. 이 방에는 호랑가시나무 다발이 없으니까 분명 누군가가 밖에서 가져온 겁니다. 아마 홀에 있던 걸 가져왔겠죠. 커스버트 하커빌이 직접 가져왔다면 그걸 들고 왔을 때나 단춧구멍에 끼워 넣을 때 어떻게 가시에 찔리지 않았을까요? 또 가지에 연고가 묻어 있지도 않아요."

"두피에 연고를 바르기 전에 호랑가시나무 가지를 단춧구멍에 끼웠을지도 모르지."

"그렇다면 가지가 제자리에 가만히 있었을까요? 단춧구멍이 무척 헐거워요. 제 생각엔 죽은 뒤에 누가 끼워 넣었어요. 가짜 요리사에게 왜 손가락에 반창고를 붙였는지 물어보면 좋을 겁니다. 그럼, 호랑가시나무 단서를 인정하시는 겁니까?"

"물론. 연고를 바른 후 단춧구멍에 가지를 끼워 넣었다면 가지가 끈적거렸을 거라는 말에 동의하네. 좋아, 경사, 자네가 다음으로 무슨 말을 할지 알겠군. 우리 서퍽 범죄

수사과도 완전히 바보는 아니거든? 다음은 크리스마스 푸딩의 단서라고 부를 생각이지?"

"아주 적절합니다. 푸딩을 살펴보면, 계절에 맞지 않게 연하게 만들었다고 생각했습니다만, 칼로 자르지 않고 맨 위에서 덩어리째 파냈습니다. 누군가가 손으로 파냈어요. 그 손이 커스버트 하커빌의 것이라면 왜 손톱 밑에 푸딩이 끼어 있지 않을까요? 유일한 푸딩 자국은 오른손바닥에 있습니다. 누군가가 죽은 다음 손바닥에 발라놓은 겁니다. 어리석은 실수였지만 하커빌 사람들은 영리하기보다는 기발한 쪽에 가깝다는 생각이 드네요. 마지막 단서는 가장 강력한 단서일 수도 있겠습니다. 사후 강직이 시작된 시점으로 판단해보면 아마 8시부터 9시에 죽었습니다. 어쨌든 일찍이요. 가족은 위스키를 넉넉하게 넣어 먹으면 치명적일 수 있다는 사실을 알고 진한 커피를 담은 보온병에 커스버트의 수면제를 다량 넣었을 겁니다. 그렇다면 8시간이 지난 시점에 제가 난로를 살필 무렵에도 난로 안의 재가 여전히 따뜻했던 이유가 뭘까요? 그리고 더 중요하게는 성냥은 대체 어디 있을까요? 자, 이제 이 계절의 열두 가지 단서를 모두 마쳤습니다."

"자네 말을 믿겠네, 경사. 내가 어쩌다가 이 수학적 수수

께끼에 말려들었는지 모르겠군. 우리에겐 열두 개의 질문이 생겼네. 대답을 구할 수 있을지 한번 보자고."

하커빌 사람들은 부엌 한가운데 커다란 탁자에 암담한 모습으로 앉아 있었다. 요리사도 함께 앉아 있었지만, 이런 친밀함이 예사롭지 않음을 그제야 깨달았는지 두 사람이 들어오자마자 튀어 오르듯이 일어났다. 기다림이 가족에게 영향을 끼친 건지 달글리시와 펙 경위 앞에 잔뜩 겁을 먹은 세 사람이 보였다. 오직 헬무트만이 발끈 화를 내며 자신의 불안감을 감추려고 들었다.

"경위, 설명해보시죠. 나는 삼촌의 시신을 적절하게 염하고 집 밖으로 내간 다음 우리 가족을 평온하게 해달라고 요구합니다."

펙 경위는 그 말에 대답하지 않고 요리사를 보았다.

"부인은 이상하게 이 부엌에 익숙해 보입니다. 그리고 어젯밤 도착했다면서 왜 짐을 풀지 않고 아직도 침대 위에 놓아두었는지, 또 유서가 고인의 필체인지는 어떻게 아는지 설명해주시겠습니까?"

부드러운 질문이었지만, 달글리시가 예상했던 것보다 훨씬 더 극적인 효과를 불러왔다. 거트루드가 요리사를 향해 소리쳤다.

"이 바보 같은 년! 이렇게 간단한 일도 망치지 않고는 할 수 없겠어? 우리 가문과 결혼한 이후 변한 게 하나도 없어."

헬무트 하커빌이 이 상황을 수습하려고 애쓰며 큰 소리로 말했다.

"그만해. 누구도, 어떤 질문에도 대답하지 마. 제 변호사를 만날 것을 요구합니다."

"물론, 선생 권리니까요."

펙 경위가 말했다.

"그동안 세 분은 저랑 같이 경찰서까지 갈 시간이 충분할 겁니다."

훈계와 비난과 맞비난이 오가는 가운데 달글리시는 펙 경위에게 짤막하게 작별 인사를 건네고 저택을 떠났다. 달글리시는 자동차 덮개를 뒤로 젖히고 공기를 정화하는 차가운 바람을 맞으며 점점 크게 들려오는 북해의 일정한 파도 소리를 향해 차를 몰았다.

고모인 미스 달글리시는 살인범은 반드시 잡혀야 한다는 마땅한 생각으로 조카의 직업에 전혀 반대하지 않았지만, 대체로 그 과정에 대해서는 적극적인 관심을 보이지 않는 쪽을 선호했다. 그러나 그날 저녁은 호기심이 이겼다. 달글리시가 소고기 스튜와 겨울 샐러드를 식탁에 옮기는 걸 거들 때 고모가 물었다.

"너의 저녁이 헛되이 방해받지 않았기를 바란다. 사건은 잘 해결됐니? 어땠어?"

"어땠느냐고요?"

달글리시가 잠시 말을 멈추고 생각했다.

"사랑하는 제인 고모, 이런 사건은 다시는 못 만날 것 같아요. 완전히 애거서 크리스티였다니까요."

〈끝〉

1994	Original Sin
1997	A Certain Justice
2001	Death in Holy Orders
2003	The Murder Room
2005	The Lighthouse
2008	The Private Patient

코델리아 그레이 시리즈
CORDELIA GRAY MYSTERIES

1972	An Unsuitable Job for a Woman
	한국어판 《여자에게 어울리지 않는 직업》(2018, 아작) 출간
1982	The Skull Beneath the Skin
	한국어판 《피부밑 두개골》(2019, 아작) 출간

다양한 소설
MISCELLANEOUS NOVELS

1980	Innocent Blood
1992	The Children of Men
	한국어판 《사람의 아이들》(2019, 아작) 출간
2011	Death Comes to Pemberley
	한국어판 《죽음이 팸벌리로 오다》(2015, 현대문학) 출간

단편
SHORT STORIES

1969   **Moment of Power**
《Ellery Queen's Murder Menu》에 최초 수록,
〈아주 흔한 살인사건(A Very Commonplace Murder)〉이라는
제목으로 한국어판《겨우살이 살인사건》(2021, 아작)에 재수록 출간

1973   **The Victim**
《Winter's Crimes 5》에 최초 수록, 〈피해자〉라는 제목으로
한국어판《더는 잠들지 못하리라》(2021, 아작)에 재수록 출간

1975   **Murder, 1986**
《Ellery Queen's Masters of Mystery》에 수록

1976   **A Very Desirable Residence**
《Winter's Crimes 8》에 최초 수록,
〈아주 바람직한 거주지〉라는 제목으로 한국어판
《더는 잠들지 못하리라》(2021, 아작)에 재수록 출간

1979   **Great-Aunt Ellie's Flypapers**
《Verdict of Thirteen》에 최초 수록,
〈박스데일의 유산(The Boxdale Inheritance)〉이라는 제목으로
한국어판《겨우살이 살인사건》(2021, 아작)에 재수록 출간

1983   **The Girl Who Loved Graveyards**
《Winter's Crimes 15》에 최초 수록,
〈묘지를 사랑한 소녀〉라는 제목으로 한국어판
《더는 잠들지 못하리라》(2021, 아작)에 재수록 출간

1984   Memories Don't Die
        《Redbook》에 수록

1984   The Murder of Santa Claus
        《Great Detectives》에 최초 수록,
        〈산타클로스 살인사건〉이라는 제목으로 한국어판
        《더는 잠들지 못하리라》(2021, 아작)에 재수록 출간

1991   The Mistletoe Murder
        《The Spectatorn》에 최초 수록,
        〈겨우살이 살인사건〉이라는 제목으로 한국어판
        《겨우살이 살인사건》(2021, 아작)에 재수록 출간

1992   The Man Who Was 80
        《The Man Who》에 최초 수록,
        〈밀크로프트 씨의 생일(Mr. Millcroft's Birthday)〉이라는 제목으로
        한국어판 《더는 잠들지 못하리라》(2021, 아작)에 재수록 출간

2005   The Part-time Job
        《The Detection Collection》에 수록

2006   Hearing Ghote
        《The Verdict of Us All,》에 최초 수록, 〈요요(The Yo-Yo)〉라는
        제목으로 한국어판
        《더는 잠들지 못하리라》(2021, 아작)에 재수록 출간

2016   The Twelve Clues of Christmas
        〈크리스마스의 열두 가지 단서〉라는 제목으로 한국어판
        《겨우살이 살인사건》(2021, 아작)에 첫 수록 출간

논픽션
NON-FICTION

1971   The Maul and the Pear Tree:
       The Ratcliffe Highway Murders, 1811
       Thomas A. Critchley와 공저

1999   Time to Be in Earnest: A Fragment of Autobiography

2009   Talking About Detective Fiction
       한국어판 《P. D. 제임스 탐정소설을 말하다》(2013, 세경) 출간

옮긴이 **이주혜**

저자와 독자 사이에서 치우침 없는 공정한 번역을 위해 노력하는 번역가이자, 창비신인소설상을
받은 소설가다. 《프랑스 아이처럼》, 《우리 죽은 자들이 깨어날 때》, 《여자에게 어울리지 않는 직업》,
《멜랑콜리의 묘약》 등 많은 책을 옮겼고, 소설 《자두》를 썼다.

겨우살이 살인사건

초판 1쇄 발행   2021년 12월 25일

지은이	P. D. 제임스
옮긴이	이주혜
펴낸이	박은주
편집장	최재천
기획	김아린
편집	설재인
디자인	김선예, 서예린, 오유진
마케팅	박동준

발행처	(주)아작
등록	2015년 9월 9일(제2021-000132호)
주소	04050 서울특별시 마포구 양화로 156
	LG팰리스빌딩 1428호
전화	02.324.3945-6 **팩스** 02.324.3947
이메일	decomma@gmail.com
홈페이지	www.arzak.co.kr

ISBN   979-11-6668-650-4 03840